泰戈尔——著 郑振铎——译

RABINDRANATH TAGORE

世界上的事
最好一笑了之

U0832548

时代出版传媒股份有限公司
北京时代华文书局

图书在版编目（CIP）数据

世界上的事最好一笑了之 / (印) 泰戈尔著 ; 郑振铎 , 冰心译 . -- 北京 : 北京时代华文书局 , 2015.2
（轻 · 经典系列）
ISBN 978-7-5699-0130-6

Ⅰ . ①世… Ⅱ . ①泰… ②郑… ③冰… Ⅲ . ①诗集－印度－现代 Ⅳ . ① I351.25

中国版本图书馆 CIP 数据核字 (2015) 第 025332 号

世界上的事最好一笑了之

著　　者 | 泰戈尔
译　　者 | 郑振铎　冰　心

出 版 人 | 田海明　朱智润
责任编辑 | 陈丽杰　顾　汶
装帧设计 | 程　慧　段文辉
责任印制 | 刘　银　范玉洁

出版发行 | 时代出版传媒股份有限公司 http://www.press-mart.com
北京时代华文书局 http://www.bjsdsj.com.cn
北京市东城区安定门外大街 136 号皇城国际大厦 A 座 8 楼
邮编：100011　电话：010 - 64267120　64267397
印　　刷 | 北京中印联印务有限公司　010 - 87331056
（如发现印装质量问题，请与印刷厂联系调换）
开　　本 | 880mm×1230mm　1/32
印　　张 | 7
字　　数 | 200 千字
版　　次 | 2015 年 5 月第 1 版　2015 年 6 月第 2 次印刷
书　　号 | ISBN 978-7-5699-0130-6

定　　价 | 32. 00 元

如果你因失去了太阳而流泪，

那么你也将失去群星了。

我的眼睛向空阔处四望，最后才合上眼说：

『你原来在这里！』

让你的笑声只作为无意义的欢乐，

像浪花上的闪光。

让你的生命像露珠在叶尖一样，

在时间的边缘上轻轻跳舞。

天空没有鸟的痕迹，但我已经飞过。

夜里黑漆漆的，

你的微睡深沉在我身的安慰里。

我们的生命就似渡过一个大海，

我们都相聚在这个狭小的舟中。

死时，我们便到了岸，各往各的世界去了。

这正是应该静坐的时光，和你相对，

在这静寂无边的闲暇里唱出生命的献歌。

让穿越天空的飞翔在巢上敛翼中终止。

让你双手的最后的接触，像夜中花朵一样地温柔。

必须有一段完全的停歇，

好把“圆满”编进音乐。

你微微地笑着，

不同我说什么话。

而我觉得，

为了这个，

我已等待得久了。

你的负担将变成礼物，

你受的苦将照亮你的路。

目录 CONTENTS

新月集/ *001*

你的软软的温柔，在我青春的肢体上开花了，像太阳出来之前的天空里的一片曙光。

飞鸟集/ *059*

使生如夏花之绚烂，死如秋叶之静美。

园丁集/ *105*

当我爱来了，坐在我身旁，当我的身躯震颤，我的眼睫下垂，夜更深了，风吹灯灭，云片在繁星上曳过轻纱。

爱人的馈赠/ *179*

逝去的青春送来消息，它对我说："在微笑成熟为泪花，时光为未出唇的歌声而痛苦的尚未降临人间的五月的震颤里，我在等着你。"

新月集

你的软软的温柔，在我青春的肢体上开花了，像太阳出来之前的天空里的一片曙光。

家　庭

我独自在横跨过田地的路上走着。夕阳像一个守财奴似的，正藏起它的最后的金子。

白昼更加深沉地没入黑暗之中。那已经收割了的孤寂的田地，默默地躺在那里。

天空里突然升起了一个男孩子的尖锐的歌声。他穿过看不见的黑暗，留下他的歌声的辙痕跨过黄昏的静谧。

他的乡村的家坐落在荒凉的土地的边上，在甘蔗田的后面，躲藏在香蕉树、瘦长的槟榔树、椰子树和深绿色的贾克果树的阴影里。

我在星光下独自走着的路上停留了一会儿。我看见黑沉沉的大地展开在我的面前，用她的手臂拥抱着无量数的家庭。在那些家庭里，有着摇篮和床铺，母亲们的心和夜晚的灯，还有年轻轻的生命。他们满心欢乐，却浑然不知这样的欢乐对于世界的价值。

海　边

孩子们会集在无边无际的世界的海边。

无垠的天穹静止地临于头上，不息的海水在足下汹涌。孩子们会集在无边无际的世界的海边，叫着，跳着。

他们拿沙来建筑房屋，拿空贝壳来做游戏。他们把落叶编成了船，笑嘻嘻地把它们放到大海上。孩子们在世界的海边，做他们的游戏。

他们不知道怎样泅水，他们不知道怎样撒网。采珠的人为了珠潜水，商人在他们的船上航行，孩子们却只把小圆石聚了又散。他们不搜求宝藏；他们不知道怎样撒网。

大海哗笑着涌起波浪，而海滩的微笑荡漾着淡淡的光芒。致人死命的波涛，对着孩子们唱着无意义的歌曲，就像一个母亲在摇动她孩子的摇篮时一样。大海和孩子们一同游戏，而海滩的微笑荡漾着淡淡的光芒。

孩子们会集在无边无际的世界的海边。狂风暴雨飘游在无辙迹的天空上，航船沉碎在无辙迹的海水里，死正在外面活动，孩子们却在游戏。在无边无际的世界的海边，孩子们大会集着。

孩　童　之　道

只要孩子愿意，他此刻便可飞上天去。

他所以不离开我们，并不是没有缘故。

他爱把他的头倚在妈妈的胸间，他即使是一刻不见她，也是不行的。

孩子知道各式各样的聪明话，虽然世间的人很少懂得这些话的意义。

他所以永不想说，并不是没有缘故。

他所要做的一件事，就是要学习从妈妈的嘴唇里说出来的话。那就是他所以看来这样天真的缘故。

孩子有成堆的黄金与珠子，但他到这个世界上来，却像一个乞丐。

他所以这样假装了来，并不是没有缘故。

这个可爱的小小的裸着身体的乞丐，所以假装着完全无助的样子，便是想要乞求妈妈的爱的财富。

孩子在纤小的新月的世界里，是一切束缚都没有的。

他所以放弃了他的自由，并不是没有缘故。

他知道有无穷的快乐藏在妈妈的心的小小一隅里，被妈妈亲爱的手臂拥抱着，其甜美远胜过自由。

孩子永不知道如何哭泣。他所住的是完全的乐土。

他所以要流泪，并不是没有缘故。

虽然他用了可爱的脸儿上的微笑，引逗得他妈妈的热切的心向着他，然而他的因为细故而发的小小的哭声，却编成了怜与爱的双重约束的带子。

不被注意的花饰

啊，谁给那件小外衫染上颜色的，我的孩子？谁使你的温软的肢体穿上那件红色小外衫的？

你在早晨就跑出来到天井里玩儿，你，跑着就像摇摇欲跌似的。

但是谁给那件小外衫染上颜色的，我的孩子？

什么事叫你大笑起来的，我的小小的命芽儿？

妈妈站在门边，微笑地望着你。

她拍着双手，她的手镯叮当地响着；你手里拿着你的竹竿儿在跳舞，活像一个小小的牧童儿。

但是什么事叫你大笑起来的，我的小小的命芽儿？

喔，乞丐，你双手攀搂住妈妈的头颈，要乞讨些什么？

喔，贪得无厌的心，要我把整个世界从天上摘下来，像摘一个果子似的，把它放在你的一双小小的玫瑰色的手掌上吗？

喔，乞丐，你要乞讨些什么？

风高兴地带走了你踝铃的叮当。

太阳微笑着，望着你的打扮。

当你睡在你妈妈的臂弯里时，天空在上面望着你，而早晨蹑手蹑脚地走到你的床跟前，吻着你的双眼。

风高兴地带走了你踝铃的叮当。

仙乡里的梦婆飞过朦胧的天空，向你飞来。

在你妈妈的心头上，那世界母亲，正和你坐在一块儿。

他，向星星奏乐的人，正拿着他的横笛，站在你的窗边。

仙乡里的梦婆飞过朦胧的天空，向你飞来。

偷　睡　眠　者

谁从孩子的眼里把睡眠偷了去呢？我一定要知道。

妈妈把她的水罐挟在腰间，走到近村汲水去了。

这是正午的时候。孩子们游戏的时间已经过去了；池中的鸭子沉默无声。

牧童躺在榕树的荫下睡着了。

白鹤庄重而安静地立在芒果树边的泥泽里。

就在这个时候，偷睡眠者跑来从孩子的两眼里捉住睡眠，便飞去了。

当妈妈回来时，她看见孩子四肢着地在屋里爬着。

谁从孩子的眼里把睡眠偷了去呢？我一定要知道。我一定要找到她，把她锁起来。

我一定要向那个黑洞里张望。在这个洞里，有一道小泉从圆的和有皱纹的石上滴下来。

我一定要到醉花林中的沉寂的树影里搜寻。在这林中鸽子在它们住的地方咕咕地叫着，仙女的脚环在繁星满天的静夜里叮当地响着。

我要在黄昏时，向静静的萧萧的竹林里窥望。在这林中，萤火虫闪闪地耗费它们的光明，只要遇见一个人，我便要问他："谁能告诉我偷睡眠者住在什么地方？"

谁从孩子的眼里把睡眠偷了去呢？我一定要知道。

只要我能捉住她，怕不会给她一顿好教训！

我要闯入她的巢穴，看她把所有偷来的睡眠藏在什么地方。

我要把它都夺了来，带回家去。

我要把她的双翼缚得紧紧的，把她放在河边，然后叫她拿一根芦苇，在灯心草和睡莲间钓鱼为戏。

黄昏，当街上已经收了市，村里的孩子们都坐在妈妈的膝上时，夜鸟便会讥笑地在她耳边说：

"你现在还想偷谁的睡眠呢？"

开　始

“我是从哪儿来的？你，在哪儿把我捡起来的？”孩子问他的妈妈说。

她把孩子紧紧地搂在胸前，半哭半笑地答道——

“你曾被我当作心愿藏在我的心里，我的宝贝。

“你曾存在于我孩童时代玩的泥娃娃身上；每天早晨我用泥土塑造我的神像，那时我反复地塑了又捏碎了的就是你。

“你曾和我们的家庭守护神一同受到祀奉，我崇拜家神时也就崇拜了你。

“你曾活在我所有的希望和爱情里，活在我的生命里，我母亲的生命里。

“在主宰着我们家庭的不死的精灵的膝上，你已经被抚育了好多代了。

“当我做女孩子的时候，我的心的花瓣儿张开，你就像一股花香似的散发出来。

“你的软软的温柔，在我青春的肢体上开花了，像太阳出来之前的天空里的一片曙光。

“上天的第一宠儿，晨曦的孪生兄弟，你从世界的生命的溪流浮泛而下，终于停泊在我的心头。

“当我凝视你的脸蛋儿的时候，神秘之感淹没了我；你这属于一切人的，竟成了我的。

“因为怕失掉你，我把你紧紧地搂在胸前。是什么魔术把这世界的宝贝引到我这双纤小的手臂里来的呢？”

孩　子　的　世　界

我愿我能在我孩子自己的世界的中心，占一角清净地。

我知道有星星同他说话，天空也在他面前垂下，用它傻傻的云朵和彩虹来娱悦他。

那些大家以为他是哑人，那些看去像是永不会走动的人，都带了他们的故事，捧了满装着五颜六色的玩具的盘子，匍匐地来到他的窗前。

我愿我能在横过孩子心中的道路上游行，解脱了一切的束缚；

在那儿，使者奉了无所谓的使命奔走于无史的诸王的王国间；

在那儿，理智以它的法律造为纸鸢而飞放，真理也使事实从桎梏中自由了。

时 候 与 原 因

当我给你五颜六色的玩具的时候，我的孩子，我明白了为什么云上水上是这样的色彩缤纷，为什么花朵上染上绚烂的颜色的原因了——当我给你五颜六色的玩具的时候，我的孩子。

当我唱着使你跳舞的时候，我真的知道了为什么树叶儿响着音乐，为什么波浪把它们的合唱的声音送进静听着的大地的心头的原因了——当我唱着使你跳舞的时候。

当我把糖果送到你贪得无厌的双手上的时候，我知道了为什么在花萼里会有蜜，为什么水果里会秘密地充溢了甜汁的原因了——当我把糖果送到你贪得无厌的双手上的时候。

当我吻着你的脸蛋儿叫你微笑的时候，我的宝贝，我的确明白了在晨光里从天上流下来的是什么样的快乐，而夏天的微风吹拂在我的身体上的又是什么样的爽快——当我吻着你的脸蛋儿叫你微笑的时候。

责　备

为什么你眼里有了眼泪，我的孩子？

他们真是可怕，常常无谓地责备你！

你写字时墨水玷污了你的手和脸——这就是他们所以骂你龌龊的缘故吗？

呵，呸！他们也敢因为圆圆的月儿用墨水涂了脸，便骂它龌龊吗？

他们总要为了每一件小事去责备你，我的孩子。他们总是无谓地寻人错处。

你游戏时扯破了衣服——这就是他们说你不整洁的缘故吗？

呵，呸！秋之晨从它的破碎的云衣中露出微笑，那么，他们要叫它什么呢？

他们对你说什么话，尽管可以不去理睬他，我的孩子。

他们把你做错的事长长地记了一笔账。

谁都知道你是十分喜欢糖果的——这就是他们所以称你做贪婪的缘故吗？

呵，呸！我们是喜欢你的，那么他们要叫我们什么呢？

审　判　官

你想说他什么尽管说吧，但是我知道我孩子的短处。

我爱他并不因为他好，只是因为他是我的小小的孩子。

你如果把他的好处与坏处两两相权一下，恐怕你就会知道他是如何的可爱吧？

当我必须责罚他的时候，他更成为我生命的一部分了。

当我使他的眼泪流出时，我的心也和他同哭了。

只有我才有权去骂他，去责罚他；因为只有热爱人的人才可以惩戒人。

玩　具

孩子，你真是快活呀！一早晨坐在泥土里，耍着折下来的小树枝儿。

我微笑着看你在那里耍弄那根折下来的小树枝儿。

我正忙着算账，一小时一小时在那里加叠数字。

也许你在看我，心想："这种好没趣的游戏，竟把你一早晨的好时间浪费掉了！"

孩子，我忘了聚精会神玩耍树枝与泥饼的方法了。

我寻求贵重的玩具，收集金块与银块。

你呢，无论找到什么便去做你的快乐的游戏；我呢，却把我的时间与力气都浪费在那些我永不能得到的东西上。

我在我的脆薄的独木船里挣扎着，要航过欲望之海，竟忘了我也是在那里做游戏了。

云　与　波

妈妈，住在云端的人对我唤道——

“我们从醒的时候游戏到白日终止。

“我们与黄金色的曙光游戏，我们与银白色的月亮游戏。”

我问道：“但是，我怎么能够上你那里去呢？”

他们答道：“你到地球的边上来，举手向天，就可以被接到云端里来了。”

“我妈妈在家里等我呢，”我说，“我怎么能离开她到那儿去呢？”

于是他们微笑着浮游而去。

但是我知道一件比这更好的游戏，妈妈。

我做云，你做月亮。

我用两只手遮盖你，我们的屋顶就是青碧的天空。

住在波浪上的人对我唤道——

“我们从早晨唱歌到晚上；我们前进又前进地旅行，也不知我们所经过的是什么地方。”

我问道：“但是，我怎么才能加入你们的队伍呢？”

他们告诉我说：“来到岸旁，站在那里，紧闭你的两眼，你就被带到波浪上来了。”

我说：“傍晚的时候，我妈妈常要我在家里——我怎么能离开她而去呢？”

于是他们微笑着，跳舞着奔流过去。

但是我知道一件比这更好的游戏，妈妈。

我是波浪，你是陌生的岸。

我奔流而进，进，进，笑哈哈地撞碎在你的膝上。

世界上就没有一个人会知道我们俩在什么地方。

金　色　花

假如我变了一朵金色花，只是为了好玩，长在树的高枝上，笑哈哈地在空中摇摆，又在新生的树枝上跳舞，妈妈，你会认识我吗？

你要是叫道："孩子，你在哪里呀？"我暗暗地在那里匿笑，却一声儿不响。

我要悄悄地开放花瓣儿，看着你工作。

当你沐浴后，湿发披在两肩，穿过金色花的林荫，走到做祷告的小庭院时，你会嗅到这花香，却不知道这香气是从我身上来的。

当你吃过午饭，坐在窗前读《罗摩衍那》，那棵树的阴影落在你的头发与膝上时，我便要将我小小的影子投在你的书页上，正投在你所读的地方。

但是你会猜得出这就是你孩子的小小影子吗？

当你黄昏时拿了灯到牛棚里去，我便要突然地再落到地上来，又成了你的孩子，求你讲故事给我听。

"你到哪里去了，你这坏孩子？"

"我不告诉你，妈妈。"这就是你同我那时所要说的话了。

仙 人 世 界

如果人们知道了我的国王的宫殿在哪里，它就会消失在空气中的。

墙壁是白色的银，屋顶是耀眼的黄金。

皇后住在有七个庭院的宫苑里；她戴的一串珠宝，值得整整七个王国的全部财富。

不过，让我悄悄地告诉你，妈妈，我的国王的宫殿究竟在哪里。

它就在我们阳台的角上，在那栽着杜尔茜花的花盆放着的地方。

公主躺在远远的隔着七个不可逾越的重洋的那一岸沉睡着。

除了我自己，世界上便没有人能够找到她。

她臂上戴有镯子，她耳上挂着珍珠，她的头发拖到地板上。

当我用我的魔杖点触她的时候，她就会醒过来；而当她微笑时，珠玉将会从她唇边落下来。

不过，让我在你的耳朵边悄悄地告诉你，妈妈，她就住在我们阳台的角上，在那栽着杜尔茜花的花盆放着的地方。

当你要到河里洗澡的时候，你走上屋顶的那座阳台来吧。

我只让小猫儿跟我在一起，因为它知道那故事里的理发匠住的地方。

不过，让我在你的耳朵边悄悄地告诉你，那故事里的理发匠到底住在哪里。

他住的地方，就在阳台的角上，在那栽着杜尔茜花的花盆放着的地方。

流　放　的　地　方

妈妈，天空上的光成了灰色了；我不知道是什么时候了。

我玩得怪没劲儿的，所以到你这里来了。这是星期六，是我们的休息日。

放下你的活计，妈妈，坐在靠窗的一边，告诉我童话里的特潘塔沙漠在什么地方？

雨的影子遮掩了整个白天。

凶猛的电光用它的爪子抓着天空。

当乌云在轰轰地响着，天打着雷的时候，我总爱心里带着恐惧爬伏到你的身上。

当大雨倾泻在竹叶子上好几个钟头，而我们的窗户为狂风震得咯咯发响的时候，我就爱独自和你坐在屋里，妈妈，听你讲童话里的特潘塔沙漠的故事。

它在哪里，妈妈？在哪一个海洋的岸上，在哪些个山峰的脚下，在哪一个国王的国土里？

田地上没有此疆彼壤的界石，也没有村人在黄昏时走回家的或妇人在树林里捡拾枯枝而捆载到市场上去的道路。沙地上只有一小块一小块的黄色草地，只有一株树，就是那一对聪明的老鸟儿在那里做窝的，那个地方就是特潘塔沙漠。

我能够想象得到，就在这样一个乌云密布的日子，国王的年轻的儿子，怎样独自骑着一匹灰色马，走过这个沙漠，去寻找那被囚禁在不可知的重洋之外的巨人宫里的公主。

当雨雾在遥远的天空下降，电光像一阵突然发作的痛楚的痉挛似的闪射的时候，他可记得他的不幸的母亲，为国王所弃，正在打扫牛棚，眼里流着眼泪，当他骑马走过童话里的特潘塔沙漠的时候？

看，妈妈，一天还没有完，天色就差不多黑了，那边村庄的路上没有什么旅客了。

牧童早就从牧场上回家了，人们都已从田地里回来，坐在他们草屋檐下的草席上，眼望着阴沉的云块。

妈妈，我把我所有的书本都放在书架上了——不要叫我现在做功课。

当我长大了，大得像爸爸一样的时候，我将会学到必须学到的东西的。

但是，今天你可得告诉我，妈妈，童话里的特潘塔沙漠在什么地方？

雨　天

乌云很快地集拢在森林的黝黑的边缘上。

孩子，不要出去呀！

湖边的一行棕树，向暝暗的天空撞着头；羽毛零乱的乌鸦，静悄悄地栖在罗望子树的枝上。河的东岸正被乌沉沉的暝色所侵袭。

我们的牛系在篱上，高声鸣叫。

孩子，在这里等着，等我先把牛牵进牛棚里去。

许多人都挤在池水泛滥的田间，捉那从泛滥的池中逃出来的鱼儿。雨水成了小河，流过狭街，好像一个嬉笑的孩子从他妈妈那里跑开，故意要恼她一样。

听呀，有人在浅滩上喊船夫呢。

孩子，天色暝暗了，渡头的摆渡已经停了。

天空好像是在滂沱的雨上快跑着；河里的水喧叫而且暴躁；妇人们早已拿着汲满了水的水罐，从恒河畔匆匆地回家了。

夜里用的灯，一定要预备好。

孩子，不要出去呀！

到市场去的大道已没有人走，到河边去的小路又很滑。风在竹林里咆哮着，挣扎着，好像一只落在网中的野兽。

纸　船

我每天把纸船一个个放在急流的溪中。

我用大黑字把我的名字和我住的村名写在纸船上。

我希望住在异地的人会得到这纸船，知道我是谁。

我把园中长的秀利花载在我的小船上，希望这些黎明开的花能在夜里被平平安安地带到岸上。

我把我的纸船投到水里，仰望天空，看见小朵的云正张着满鼓着风的白帆。

我不知道天上有我的什么游伴把这些船放下来同我的船比赛！

夜来了，我的脸埋在手臂里，梦见我的纸船在子夜的星光下缓缓地浮泛向前。

睡仙坐在船里，带着满载着梦的篮子。

水　手

船夫曼特胡的船只停泊在拉琪根琪码头。

这只船无用地装载着黄麻，无所事事地停泊在那里已经好久了。

只要他肯把他的船借给我，我就给它安装一百支桨，扬起五个或六个或七个布帆来。

我绝不把它驾驶到愚蠢的市场上去。

我将航遍仙人世界里的七个大海和十三条河道。

但是，妈妈，你不要躲在角落里为我哭泣。

我不会像罗摩犍陀罗[1]似的，到森林中去，一去十四年才回来。

① 罗摩犍陀罗：即罗摩。他是印度一部叙事诗《罗摩衍那》中的主角。为了尊重父亲的诺言、维持弟兄间的友爱，他抛弃了继承王位的权利，与妻子悉多一起在森林里被放逐了十四年。世界里的七个大海和十三条河道。

我将成为故事中的王子，把我的船装满了我所喜欢的东西。

我将带我的朋友阿细和我在做伴。我们要快快乐乐地航行于仙人世界里的七个大海和十三条河道。

我将在绝早的晨光里张帆航行。

中午，你正在池塘里洗澡的时候，我们将在一个陌生的国王的国土上了。

我们将经过特浦尼浅滩，把特潘塔沙漠抛落在我们的后边。

当我们回来的时候，天色快黑了，我将告诉你我们所见到的一切。

我将越过仙人世界里的七个大海和十三条河道。

对　岸

我渴想到河的对岸去。

在那边，好些船只一行儿系在竹竿上；

人们在早晨乘船渡过那边去，肩上扛着犁头，去耕耘他们的远处的田；

在那边，牧人使他们哞叫着的牛游泳到河旁的牧场去；

黄昏的时候，他们都回家了，只留下豺狼在这满长着野草的岛上哀叫。

妈妈，如果你不在意的话，我长大的时候，要做这渡船的船夫。

据说有好些古怪的池塘藏在这个高岸之后。

雨过去了，一群一群的野鹜飞到那里去。茂盛的芦苇在岸边四围生长，水鸟在那里生蛋；

竹鸡带着跳舞的尾巴，将它们细小的足印印在洁净的软泥上；

黄昏的时候，长草顶着白花，邀请月光在长草的波浪上浮游。

妈妈，如果你不在意的话，我长大的时候，要做这渡船的船夫。

我要自此岸至彼岸，渡过来，渡过去，所有村中正在那儿沐浴的男孩女孩，都要诧异地望着我。

太阳升到中天，早晨变为正午了，我将跑到你那里去，说道：“妈妈，我饿了！”

一天结束了，影子俯伏在树底下，我便要在黄昏中回家来。

我将永不同爸爸那样，离开你到城里去做事。

妈妈，如果你不在意的话，我长大的时候，要做这渡船的船夫。

花 的 学 校

当雷云在天上轰响，六月的阵雨落下的时候，润湿的东风走过荒野，在竹林中吹着口笛。

于是一群一群的花从无人知道的地方突然跑出来，在绿草上狂欢地跳着舞。

妈妈，我真的觉得那群花朵是在地下的学校里上学。

他们关了门做功课。如果他们想在散学以前出来游戏，他们的老师是要罚他们站壁角的。

雨一来，他们便放假了。

树枝在林中互相碰触着，绿叶在狂风里萧萧地响着，雷云拍着大手。这时花孩子们便穿了紫的、黄的、白的衣裳，冲了出来。

你可知道，妈妈，他们的家是在天上，在星星所住的地方。

你没有看见他们怎样地急着要到那儿去吗？你不知道他们为什么那样急急忙忙吗？

我自然能够猜得出他们是对谁扬起双臂来：他们也有他们的妈妈，就像我有我自己的妈妈一样。

商　人

妈妈，让我们想象，你待在家里，我到异邦去旅行。

再想象，我的船已经装得满满的，在码头上等候启碇了。

现在，妈妈，你想一想告诉我，回来时我要带些什么给你。

妈妈，你要一堆一堆的黄金吗？

在金河的两岸，田野里全是金色的稻实。

在林荫道上，金色花也一朵一朵地落在地上。

我要为你把它们全都收拾起来，放在好几百个篮子里。

妈妈，你要秋天的雨点一般大的珍珠吗？

我要渡海到珍珠岛的岸上去。

那个地方，在清晨的曙光里，珠子在草地的野花上颤动，珠子落在绿草上，珠子被汹狂的海浪一大把一大把地撒在沙滩上。

我的哥哥呢，我要送他一对有翼的马，会在云端飞翔的。

爸爸呢，我要带一支有魔力的笔给他，他还没有感觉到，笔就写出字来了。

你呢，妈妈，我要把值七个王国的首饰箱和珠宝送给你。

同　情

如果我只是一只小狗，而不是你的小孩，亲爱的妈妈，当我想吃你盘里的东西时，你要向我说“不”吗？

你要赶开我，对我说“滚开，你这淘气的小狗”吗？

那么，走吧，妈妈，走吧！当你叫唤我的时候，我就永不到你那里去，也永不要你再喂我吃东西了。

如果我只是一只绿色的小鹦鹉，而不是你的小孩，亲爱的妈妈，你要把我紧紧地锁住，怕我飞走吗？

你要对我摇着你的手，说“怎样的一个不知感恩的贱鸟呀！整日整夜地尽在咬它的链子”吗？

那么，走吧，妈妈，走吧！我要跑到树林里去；我就永不再让你将我抱在你的臂里了。

职　业

早晨，钟敲十下的时候，我沿着我们的小巷到学校去。

每天我都遇见那个小贩，他叫道："镯子呀，亮晶晶的镯子！"

他没有什么事情急着要做，他没有哪条街一定要走，他没有什么地方一定要去，他没有什么规定的时间一定要回家。

我愿意我是一个小贩，在街上过日子，叫着："镯子呀，亮晶晶的镯子！"

下午四点，我从学校里回家。

在一家门口，我看得见一个园丁在那里掘地。

他用他的锄子，要怎么掘，便怎么掘，他被尘土污了衣裳。如果他被太阳晒黑了或是身上被打湿了，都没有人骂他。

我愿意我是一个园丁，在花园里掘地，谁也不来阻止我。

天色刚黑，妈妈就送我上床。

从开着的窗口，我看见更夫走来走去。

小巷又黑又冷清，路灯立在那里，像一个头上生着一只红眼睛的巨人。

更夫摇着他的提灯，跟他身边的影子一起走着，他一生一次都没有上床去过。

我愿意我是一个更夫，整夜在街上走，提了灯去追逐影子。

长　者

妈妈，你的孩子真傻！她是那么地可笑不懂事！

她不知道路灯和星星的区别。

当我们玩着把小石子当食物的游戏时，她便以为它们真是吃的东西，竟想放进嘴里去。

当我翻开一本书，放在她面前，要她读a，b，c时，她却用手把书页撕了，无端快活地叫起来；你的孩子就是这样做功课的。

当我生气地对她摇头，骂她，说她顽皮时，她却哈哈大笑，以为很有趣。

谁都知道爸爸不在家。但是，如果我在游戏时高叫一声“爸爸”，她便要高兴地四面张望，以为爸爸真是近在身边。

当我把洗衣人带来的运载衣服回去的驴子当作学生，并且警告她说，我是老师时，她却无缘无故地乱叫起我哥哥来。

你的孩子要捉月亮。她是这样地可笑；她把格尼许唤做琪奴许。

妈妈，你的孩子真傻，她是那么地可笑不懂事！

小　大　人

我人很小，因为我是一个小孩子。到了我像爸爸一样年纪时，便要变大了。

我的先生要是走来说道：“时候晚了，把你的石板、你的书拿来。”

我便要告诉他道：“你不知道我已经同爸爸一样大了吗？我绝不再学什么功课了。”

我的老师便将惊异地说道：“他读书不读书可以随便，因为他是大人了。”

我将自己穿了衣裳，走到人群拥挤的市场里去。

我的叔叔要是跑过来说道：“你要迷路了，我的孩子，让我抱着你吧。”

我便要回答道：“你没有看见吗，叔叔？我已经同爸爸一样大了。我决定要独自一人到市场里去。”

叔叔便将说道：“是的，他随便到哪里去都可以，因为他是大人了。”

当我正拿钱给我保姆时，妈妈便要从浴室中出来，因为我是知道怎样用我的钥匙去开银箱的。

妈妈要是说道："你在做什么呀，顽皮的孩子？"

我便要告诉她道："妈妈，你不知道我已经同爸爸一样大了吗？我必须拿钱给保姆。"

妈妈便将自言自语道："他可以随便把钱给他所喜欢的人，因为他是大人了。"

当十月里放假的时候，爸爸将要回家。他会以为我还是一个小孩子，为我从城里带了小鞋子和小绸衫来。

我便要说道："爸爸，把这些东西给哥哥吧，因为我已经同你一样大了。"

爸爸便将想一想，说道："他可以随便去买他自己穿的衣裳，因为他是大人了。"

十 二 点 钟

妈妈，我真想现在不做功课了。我可是整个早晨都在念书呢。

你说，现在还不过是十二点钟。假定不会晚过十二点吧；难道你不能把不过是十二点钟想象成下午吗？

我能够很容易地想象：现在太阳已经到了那片稻田的边缘上了，老态龙钟的渔婆正在池边采撷香草作她的晚餐。

我闭上了眼就能够想到，马塔尔树下的阴影是更深黑了，池塘里的水看来黑得发亮。

假如十二点钟能够在黑夜里来到，为什么黑夜不能在十二点钟的时候来到呢？

著　作　家

你说爸爸写了许多书，但我却不懂得他所写的东西。

他整个黄昏读书给你听，但是你真懂得他的意思吗？

妈妈，你给我们讲的故事，真是好听呀！我很奇怪，爸爸为什么不能写那样的书呢？

难道他从来没有从他自己的妈妈那里听见过巨人、神仙和公主的故事吗？

还是已经完全忘记了？

他常常耽误了沐浴，你不得不走去叫他一百多次。

你总要等候着，把他的菜温着等他。但他忘了，还尽管写下去。

爸爸老是以著书为游戏。

如果我一走进爸爸房里去游戏。你就要走来叫道："真是一个顽皮的孩子！"

如果我稍微弄出一点声音，你就要说："你没有看见你爸爸正在工作吗？"

老是写了又写，有什么趣味呢？

当我拿起爸爸的钢笔或铅笔，像他一模一样地在他的书上写着a，b，c，d，e，f，g，h，i——那时，你为什么跟我生气呢，妈妈？

爸爸写时，你却从来不说一句话。

当我爸爸耗费了那么一大堆纸时，妈妈，你似乎全不在乎。

但是，如果我只取了一张纸去做一只船，你却要说："孩子，你真讨厌！"

你对于爸爸拿黑点子涂满了纸的两面，污损了许多许多张纸，你心里以为怎样呢？

恶　邮　差

你为什么坐在那边地板上不言不动的，告诉我呀，亲爱的妈妈？

雨从开着的窗口打进来了，把你身上全打湿了，你却不管。

你听见钟已敲打四下了吗？正是哥哥从学校里回家的时候了。

到底发生了什么事，你的神色这样不对？

你今天没有接到爸爸的信吗？

我看见邮差在他的袋里带了许多信来，几乎镇里的每个人都分送到了。

只有爸爸的信，他留起来给他自己看。我确信这个邮差是个坏人。

但是不要因此不乐呀，亲爱的妈妈。

明天是邻村市集的日子，你叫女仆去买些笔和纸来。

我自己会写爸爸所写的一切信，使你找不出一点错处来。

我要从A字一直写到K字。

但是，妈妈，你为什么笑呢？

你不相信我能写得同爸爸一样好？

但是我将用心画格子，把所有的字母都写得又大又美。

当我写好了时，你以为我也像爸爸那样傻，把它投入可怕的邮差的袋中吗？

我立刻就自己送来给你，而且一个字母，一个字母地帮助你读。

我知道那邮差是不肯把真正的好信送给你的。

英　雄

妈妈，让我们想象我们正在旅行，经过一个陌生而危险的国土。

你坐在一顶轿子里，我骑着一匹红马，在你旁边跑着。

是黄昏的时候，太阳已经下山了。约拉地希的荒地疲乏而灰暗地展开在我们面前。大地是凄凉而荒芜的。

你害怕了，想道——“我不知道我们到了什么地方了。”

我对你说道：“妈妈，不要害怕。”

草地上刺蓬蓬地长着针尖似的草，一条狭而崎岖的小道通过这块草地。

在这片广大的地面上看不见一只牛；它们已经回到它们村里的牛棚里去了。

天色黑了下来，大地和天空都显得朦朦胧胧的，而我们不能说出我们正走向什么所在。

突然间，你叫我，悄悄地问我道：“靠近河岸的是什么火光呀？”

正在那个时候，一阵可怕的呐喊声爆发了，好些人影子向我们跑过来。

你蹲坐在你的轿子里，嘴里反复地祷念着神的名字。

轿夫们怕得发抖，躲藏在荆棘丛中。

我向你喊道：“不要害怕，妈妈，有我在这里。”

他们手里执着长棒，头发披散着，越走越近了。

我喊道：“要当心！你们这些坏蛋！再向前走一步，你们就要送命了。”

他们又发出一阵可怕的呐喊声，向前冲过来。

你抓住我的手，说道：“好孩子，看在上天面上，躲开他们吧。”

我说道：“妈妈，你瞧我的。”

于是我驱策着我的马匹，猛奔过去，我的剑和盾彼此碰着作响。

这一场战斗是那么激烈，妈妈，如果你从轿子里看得见的话，你一定会发冷颤的。

他们之中，许多人逃走了，还有好些人被砍杀了。

我知道你那时独自坐在那里，心里正在想着，你的孩子这时候一定已经死了。

但是我跑到你的跟前，浑身溅满了鲜血，说道：“妈妈，现在战争已经结束了。”

你从轿子里走出来，吻着我，把我搂在你的心头，你自言自语地说道：“如果没有我的孩子护送我，我简直不知道怎么办才好。”

一千件无聊的事天天在发生，为什么这样一件事不能够偶然实现呢？

这很像一本书里的一个故事。

我的哥哥要说道：“这是可能的事吗？我老是想，他是那么嫩弱呢！”

我们村里的人们都要惊讶地说道：“这孩子正和他妈妈在一起，这不是很幸运吗？”

告　别

是我走的时候了，妈妈，我走了。

当清寂的黎明，你在暗中伸出双臂，要抱你睡在床上的孩子时，我要说道：“孩子不在那里呀！”——妈妈，我走了。

我要变成一股清风抚摸着你；我要变成水中的涟漪，当你沐浴时，把你吻了又吻。

大风之夜，当雨点在树叶上淅沥时，你在床上会听见我的微语；当电光从开着的窗口闪进你的屋里时，我的笑声也偕了它一同闪进了。

如果你醒着躺在床上，想你的孩子直到深夜，我便要从星空向你唱道：“睡呀！妈妈，睡呀。”

我要坐在各处游荡的月光上，偷偷地来到你的床上，乘你睡着时，躺在你的胸上。

我要变成一个梦儿，从你眼皮的微缝中，钻到你的睡眠的深处。当你醒来吃惊地四望时，我便如闪耀的萤火似的，熠熠地向暗中飞去了。

当普耶节[①]，邻舍家的孩子们来屋里游玩时，我便要融化在笛声里，整日价在你心头震荡。

亲爱的阿姨带了普耶礼[②]来，问道："我们的孩子在哪里，姐姐？"妈妈，你将要柔声地告诉她："他呀，他现在是在我的瞳仁里，他现在是在我的身体里，在我的灵魂里。"

① 普耶节：意为"祭神大典"。这里的"普耶节"，指的是印度十月间的"难近母祭日"。

② 普耶礼：是指在这个节日里，亲友互相馈赠的礼物。

召　唤

她走的时候，夜间黑漆漆的，他们都睡了。

现在，夜间也是黑漆漆的，我唤她道："回来，我的宝贝；世界都在沉睡；当星星互相凝视的时候，你来一会儿是没有人知道的。"

她走的时候，树木正在萌芽，春光刚刚来到。

现在花已盛开，我唤道："回来，我的宝贝。孩子们漫不经心地在游戏，把花聚在一块，又把它们散开。你如果走来，拿一朵小花去，没有人会发觉的。"

那些常常在游戏的人，仍然还在那里游戏，生命总是如此地浪费。

我静听他们的空谈，便唤道："回来，我的宝贝，妈妈的心里充满着爱，你如果走来，仅仅从她那里接一个小小的吻，没有人会妒忌的。"

第 一 次 的 茉 莉

呵，这些茉莉花，这些白的茉莉花！

我仿佛记得我第一次双手满捧着这些茉莉花，这些白的茉莉花的时候。

我喜爱那日光，那天空，那绿色的大地；

我听见那河水淙淙的流声，在漆黑的午夜里传过来；

秋天的夕阳，在荒原上大路转角处迎我，如新妇揭起她的面纱迎接她的爱人。

但我想起孩提时第一次捧在手里的白茉莉，心里充满着甜蜜的回忆。

我生平有过许多快活的日子。在节日宴会的晚上，我曾跟着说笑话的人大笑。

在灰暗的雨天的早晨，我吟哦过许多飘逸的诗篇。

我颈上戴过爱人手织的醉花的花圈，作为晚装。

但我想起孩提时第一次捧在手里的白茉莉，心里充满着甜蜜的回忆。

榕　树

喂，你站在池边的蓬头榕树，你可曾忘记了那小小的孩子，就像那在你的枝上筑巢又离开了你的鸟儿似的孩子？

你不记得他怎样坐在窗内，诧异地望着你那深入地下的纠缠的树根吗？

妇人们常到池边，汲了满罐的水去。你的大黑影便在水面上摇动，好像睡着的人挣扎着要醒来似的。

日光在微波上跳舞，好像不停不息的小梭在织着金色的花毡。

两只鸭子挨着芦苇，在芦苇影子上游来游去，孩子静静地坐在那里想着。

他想做风，吹过你萧萧的枝杈；想做你的影子，在水面上，随了日光而俱长；想做一只鸟儿，栖息在你的最高枝上；还想做那两只鸭，在芦苇与阴影中间游来游去。

祝　福

祝福这个小精灵，这个洁白的灵魂，他为我们的大地，赢得了天的接吻。

他爱日光，他爱见他妈妈的脸。

他没有学会厌恶尘土而渴求黄金。

紧紧把他抱在你心里，并且祝福他。

他已来到这个歧路百出的大地上了。

我不知道他怎么要从群众中选出你来，来到你的门前，抓住你的手问路。

他笑着，谈着，跟着你走，心里没有一点儿疑惑。

不要辜负他的信任，引导他到正路，并且祝福他。

把你的手按在他的头上，祈求着：底下的波涛虽然险恶，然而从上面来的风会鼓起他的船帆，送他到和平的港口。

不要在忙碌中把他忘了，让他来到你的心里，并且祝福他。

赠　品

我要送些东西给你，我的孩子，因为我们同是漂泊在世界的溪流中的。

我们的生命将被分开，我们的爱也将被忘记。

但我却没有那样傻，希望能用我的赠品来买你的心。

你的生命正是青青，你的道路也长着呢，你一口气饮尽了我们带给你的爱，便回身离开我们跑了。

你有你的游戏，有你的游伴。如果你没有时间同我们在一起，如果你想不到我们，那有什么害处呢？

我们呢，自然地，在老年时，会有许多闲暇的时间，去计算那过去的日子，把我们手里永久丢失了的东西，在心里爱抚着。

河流唱着歌很快地游去，冲破所有的堤防。但是山峰却留在那里，忆念着，满怀依依之情。

我 的 歌

我的孩子，我这一支歌将用它的乐声围绕你，好像那爱情的热恋的手臂一样。

我这一支歌将触着你的前额，好像那祝福的接吻一样。

当你只是一个人的时候，它将坐在你的身旁，在你耳边微语着；当你在人群中的时候，它将围住你，使你超然物外。

我的歌将成为你的梦的翼翅，它将把你的心移送到不可知的岸边。

当黑夜覆盖在你路上的时候，它又将成为那照临在你头上的忠实的星光。

我的歌又将坐在你眼睛的瞳仁里，将你的视线带入万物的心里。

当我的声音因死亡而沉寂时，我的歌仍将在你活泼泼的心中唱着。

孩 子 天 使

他们喧哗争斗，他们怀疑失望，他们辩论而没有结果。

我的孩子，让你的生命到他们当中去，如一线镇定而纯洁之光，使他们愉悦而沉默。

他们的贪心和妒忌是残忍的；他们的话，好像暗藏的刀刃，渴欲饮血。

我的孩子，去，去站在他们愤懑的心中，把你的和善的眼光落在他们上面，好像那傍晚的宽宏大量的和平，覆盖着日间的骚扰一样。

我的孩子，让他们望着你的脸，因此能够知道一切事物的意义；让他们爱你，因此他们也能相爱。

来，坐在无垠的胸膛上，我的孩子。在朝阳出来时，开放而且抬起你的心，像一朵盛开的花；在夕阳落下时，低下你的头，默默地做完这一天的礼拜。

最后的买卖

早晨，我在石铺的路上走时，我叫道："谁来雇用我呀。"

皇帝坐着马车，手里拿着剑走来。

他拉着我的手，说道："我要用权力来雇用你。"

但是他的权力算不了什么，他坐着马车走了。

正午炎热的时候，家家户户的门都闭着。

我沿着屈曲的小巷走去。

一个老人带着一袋金钱走出来。

他斟酌了一下，说道："我要用金钱来雇用你。"

他一个一个地数着他的钱，但我却转身离去了。

黄昏了。花园的篱上满开着花。

美人走出来，说道：“我要用微笑来雇用你。”

她的微笑黯淡了，化成泪容了，她孤寂地回身走进黑暗里去。

太阳照耀在沙地上，海波任性地浪花四溅。

一个小孩坐在那里玩贝壳。

他抬起头来，好像认识我似的，说道：“我雇你不用什么东西。”

在这个小孩的游戏中做成的买卖，使我从此以后成了一个自由的人。

飞鸟集

使生如夏花之绚烂，死如秋叶之静美。

1

夏天的飞鸟，飞到我窗前唱歌，又飞去了。

秋天的黄叶，它们没有什么可唱，只叹息一声，飞落在那里。

2

世界上的一队小小的流浪的人呀，请留下你们的足印在我的文字里。

3

世界对着它的爱人，把它浩瀚的面具揭下了。

它变小了，小如一首歌，小如一回永恒的接吻。

4

是大地的泪点，使她的微笑保持着青春不谢。

5

广漠无垠的沙漠热烈地追求着一叶绿草的爱，她摇摇头，笑着飞开了。

6

如果你因失去了太阳而流泪，那么你也将失去群星了。

7

跳舞着的流水呀，在你途中的泥沙，要求你的歌声，你的流动呢。你肯挟跛足的泥沙而俱下吗？

8

她的热切的脸，如夜雨似的，搅扰着我的梦魂。

9

有一次，我们梦见大家都是不相识的。

我们醒了，却知道我们原是相亲相爱的。

10

忧思在我的心里平静下去，正如暮色降临在寂静的山林中。

11

有些看不见的手指，如懒懒的微飔似的，正在我的心上奏着潺湲的乐声。

12

“海水呀，你说的是什么？”

“是永恒的疑问。”

“天空呀，你回答的话是什么？”

“是永恒的沉默。”

13

静静地听，我的心呀，听那世界的低语，这是它对你求爱的表示呀。

14
创造的神秘，有如夜间的黑暗——是伟大的。而知识的幻影却不过如晨间之雾。

15
不要因为峭壁是高的，便让你的爱情坐在峭壁上。

16
我今晨坐在窗前，世界如一个过路人似的，停留了一会，向我点点头又走过去了。

17
这些微飔，是绿叶的簌簌之声呀；它们在我的心里，欢悦地微语着。

18
你看不见你自己，你所看见的只是你的影子。

19
神呀，我的那些愿望真是愚傻呀，它们杂在你的歌声中喧叫着呢。
让我只是静听着吧。

20
我不能选择那最好的。
是那最好的选择我。

21

那些把灯背在背上的人们，把他们的影子投到了自己的前面。

22

我的存在，对我是一个永久的神奇，这就是生活。

23

“我们萧萧的树叶都有声响回答那风和雨。你是谁呢，那样的沉默着？”

“我不过是一朵花。”

24

休息与工作的关系，正如眼睑与眼睛的关系。

25

人是一个初生的孩子，他的力量，就是生长的力量。

26

神希望我们酬答他的，在于他送给我们的花朵，而不在于太阳和土地。

27

光明如一个裸体的孩子，快快活活地在绿叶当中游戏，它不知道人是会欺诈的。

28

啊，美呀，在爱中找你自己吧，不要到你镜子的谄谀中去找寻。

29

我的心把她的波浪在世界的海岸上冲激着，以热泪在上边写着她的题记："我爱你。"

30

"月儿呀，你在等候什么呢？"

"向我将让位给他的太阳致敬。"

31

绿树长到了我的窗前，仿佛是喑哑的大地发出的渴望的声音。

32

神自己的清晨，在他自己看来也是新奇的。

33

生命从世界得到资产，爱情使它得到价值。

34

枯竭的河床，并不感谢它的过去。

35

鸟儿愿为一朵云。

云儿愿为一只鸟。

36

瀑布歌唱道："我得到自由时便有了歌声了。"

37

我说不出这心为什么那样默默地颓丧着。

是为了它那不曾要求，不曾知道，不曾记得的小小的需要。

38

妇人，你在料理家务的时候，你的手足歌唱着，正如山间的溪水歌唱着在小石中流过。

39

当太阳横过西方的海面时，对着东方留下他的最后的敬礼。

40

不要因为你自己没有胃口而去责备你的食物。

41

群树如表示大地的愿望似的，踮起脚来向天空窥望。

42

你微微地笑着，不同我说什么话。而我觉得，为了这个，我已等待得太久了。

43

水里的游鱼是沉默的。陆地上的兽类是喧闹的，空中的飞鸟是歌唱着的。

但是，人类却兼有海里的沉默，地上的喧闹与空中的音乐。

44

世界在踌躇之心的琴弦上跑过去，奏出忧郁的乐声。

45

他把他的刀剑当作他的上帝。

当他的刀剑胜利时他自己却失败了。

46

神从创造中找到他自己。

47

阴影戴上她的面幕，秘密地，温顺地，用她的沉默的爱的脚步，跟在“光”后边。

48

群星不怕显得像萤火虫那样。

49

谢谢神，我不是一个权力的轮子，而是被压在这轮下的活人之一。

50

心是尖锐的，不是宽博的，它执着在每一点上，却并不活动。

51

你的偶像委散在尘土中了，这可证明上帝的尘土比你的偶像还伟大。

52

人不能在他的历史中表现出他自己，他在历史中奋斗着露出头角。

53

玻璃灯因为瓦灯叫它做表兄而责备瓦灯。但当明月出来时，玻璃灯却温和地微笑着，叫明月为——“我亲爱的，亲爱的姐姐。”

54

我们如海鸥之与波涛相遇似的，遇见了，走近了。海鸥飞去，波涛滚滚地流开，我们也分别了。

55

日间的工作结束了，于是我像一只泊在海滩上的小船，静静地听着晚潮跳舞的乐声。

56

我们的生命是天赋的，我们惟有献出生命，才能得到生命。

57

当我们是大为谦卑的时候，便是我们最近于伟大的时候。

58

麻雀看见孔雀负担着它的翎尾，替它担忧。

59

绝不要害怕刹那——永恒之声这样唱着。

60
风于无路之中寻求最短之路，又突然地在“无何有之国”终止了它的追求。

61
在我自己的杯中，饮了我的酒吧，朋友。
一倒在别人的杯里，这酒的腾跳的泡沫便要消失了。

62
“完全”为了对“不全”的爱，把自己装饰得美丽。

63
神对人说道：“我医治你，所以伤害你，爱你所以惩罚你。”

64
谢谢火焰给你光明，但是不要忘了那执灯的人，他是坚忍地站在黑暗当中呢。

65
小草呀，你的足步虽小，但是你拥有你足下的土地。

66
幼花的蓓蕾开放了，叫道：“亲爱的世界呀，请不要萎谢了。”

67
神对于那些大帝国会感到厌恶，却绝不会厌恶那些小小的花朵。

68

错误经不起失败，但是真理却不怕失败。

69

瀑布歌唱道："虽然渴者只要少许的水便够了，我却很快活地给予了我全部的水。"

70

把那些花朵抛掷上去的那一阵子无休无止的狂欢大喜的劲儿，其源泉是在哪里呢？

71

樵夫的斧头，问树要斧柄。
树便给了他。

72

这寡独的黄昏，幕着雾与雨，我在我心的孤寂里，感觉到它的叹息。

73

贞操是从丰富的爱情中生出来的财富。

74

雾，像爱情一样，在山峰的心上游戏，生出种种美丽的变幻。

75

我们把世界看错了，反说它欺骗我们。

76

诗人的风，正出经海洋和森林，追求它自己的歌声。

77

每一个孩子出生时都带来信息说：神对人并未灰心失望。

78

绿草求她地上的伴侣。

树木求他天空的寂寞。

79

人对他自己建筑起堤防来。

80

我的朋友，你的语声飘荡在我的心里，像那海水的低吟声缭绕在静听着的松林之间。

81

这个不可见的黑暗之火焰，以繁星为其火花的，到底是什么呢?

82

使生如夏花之绚烂，死如秋叶之静美。

83

那想做好人的，在门外敲着门；那爱人的，看见门敞开着。

84

在死的时候，众多合而为一；在生的时候，一化为众多。

神死了的时候，宗教便将合而为一。

85

艺术家是自然的情人，所以他是自然的奴隶，也是自然的主人。

86

“你离我有多远呢，果实呀？”

“我藏在你心里呢，花呀。”

87

这个渴望是为了那个在黑夜里感觉得到、在大白天里却看不见的人。

88

露珠对湖水说道：“你是在荷叶下面的大露珠，我是在荷叶上面的较小的露珠。”

89

刀鞘保护刀的锋利，它自己则满足于它的迟钝。

90

在黑暗中，“一”视如一体；在光亮中，“一”便视若众多。

91

大地借助于绿草，显出她自己的殷勤好客。

92

绿叶的生与死乃是旋风的急骤的旋转，它的更广大的旋转的圈子乃是在天上繁星之间徐缓的转动。

93

权势对世界说道："你是我的。"

世界便把权势囚禁在她的宝座下面。

爱情对世界说道："我是你的。"

世界便给予爱情以在她屋内来往的自由。

94

浓雾仿佛是大地的愿望。

它藏起了太阳，而太阳原是她所呼求的。

95

安静些吧，我的心，这些大树都是祈祷者呀。

96

瞬刻的喧声，讥笑着永恒的音乐。

97

我想起了浮泛在生与爱与死的川流上的许多别的时代，以及这些时代之被遗忘，我便感觉到离开尘世的自由了。

98

我灵魂里的忧郁就是她的新婚的面纱。

这面纱等候着在夜间卸去。

99

死之印记给生的钱币以价值，使它能够用生命来购买那真正的宝物。

100

白云谦逊地站在天之一隅。

晨光给它戴上了霞彩。

101

尘土受到损辱，却以她的花朵来报答。

102

只管走过去，不必逗留着采了花朵来保存，因为一路上花朵自会继续开放的。

103

根是地下的枝。

枝是空中的根。

104

远远去了的夏之音乐，翱翔于秋间，寻求它的旧垒。

105

不要从你自己的袋里掏出勋绩借给你的朋友，这是污辱他的。

106

无名的日子的感触，攀缘在我的心上，正像那绿色的苔藓，攀缘在老树的周身。

107
回声嘲笑着她的原声，以证明她是原声。

108
当富贵利达的人夸说他得到神的特别恩惠时，神却羞了。

109
我投射我自己的影子在我的路上，因为我有一盏还没有燃点起来的明灯。

110
人走进喧哗的群众里去，为的是要淹没他自己的沉默的呼号。

111
终止于衰竭的是“死亡”，但“圆满”却终止于无穷。

112
太阳只穿一件朴素的光衣，白云却披了灿烂的裙裾。

113
山峰如群儿之喧嚷，举起他们的双臂，想去捉天上的星星。

114
道路虽然拥挤，却是寂寞的，因为它是不被爱的。

115
权势以它的恶行自夸，落下的黄叶与浮游的云片却在笑它。

116

今天大地在太阳光里向我营营哼鸣，像一个织着布的妇人，用一种已经被忘却的语言，哼着一些古代的歌曲。

117

绿草是无愧于它所生长的伟大世界的。

118

梦是一个一定要谈话的妻子。

睡眠是一个默默地忍受的丈夫。

119

夜与逝去的日子接吻，轻轻地在他耳旁说道："我是死，是你的母亲。我就要给你以新的生命。"

120

黑夜呀，我感觉到你的美了。你的美如一个可爱的妇人，当她把灯灭了的时候。

121

我把在那些已逝去的世界上的繁荣带到我的世界上来。

122

亲爱的朋友呀，当我静听着海涛时，我好几次在暮色深沉的黄昏里，在这个海岸上，感到你的伟大思想的沉默了。

123

鸟以为把鱼举在空中是一种慈善的举动。

124

夜对太阳说道："在月亮中，你送了你的情书给我。"

"我已在绿草上留下我的流着泪点的回答了。"

125

伟人是一个天生的孩子，当他死时，他把他的伟大的孩提时代给了世界。

126

不是槌的打击，乃是水的载歌载舞，使鹅卵石臻于完美。

127

蜜蜂从花中啜蜜，离开时营营地道谢。

浮华的蝴蝶却相信花是应该向它道谢的。

128

如果你不等待着要说出完全的真理，那么把真话说出来是很容易的。

129

"可能"问"不可能"道：

"你住在什么地方呢？"

它回答道："在那无能为力者的梦境里。"

130

如果你把所有的错误都关在门外时，真理也要被关在外面了。

131

我听见有些东西在我心的忧闷后面萧萧作响——我不能看见它们。

132

闲暇在动作时便是工作。

静止的海水荡动时便成波涛。

133

绿叶恋爱时便成了花。

花崇拜时便成了果实。

134

埋在地下的树根使树枝产生果实，却不要求什么报酬。

135

阴雨的黄昏，风无休止地吹着。

我看着摇曳的树枝，想念着万物的伟大。

136

子夜的风雨，如一个巨大的孩子，在不合时宜的黑夜里醒来，开始游戏和喧闹。

137

海呀，你这暴风雨的孤寂的新妇呀，你虽掀起波浪追随你的情人，但是无用呀。

138

文字对工作说道："我惭愧我的空虚。"

工作对文字说道："当我看见你时，我便知道我是怎样的贫乏了。"

139

时间是变化的财富。时钟模仿它，却只有变化而无财富。

140

真理穿了衣裳，觉得事实太拘束了。

在想象中，她却转动得很舒畅。

141

当我到这里那里旅行着时，路呀，我厌倦你了；但是现在，当你引导我到各处去时，我便爱上你，与你结婚了。

142

让我设想，在群星之中，有一颗星是指导着我的生命通过不可知的黑暗的。

143

妇人，你用了你美丽的手指，触着我的什物，秩序便如音乐似地生出来了。

144

一个忧郁的声音，筑巢于逝水似的年华中。

它在夜里向我唱道：“我爱你。”

145

燃着的火，以它熊熊的光焰警告我不要走近它。

把我从潜藏在灰中的余烬里救出来吧。

146

我有群星在天上，

但是，唉，我屋里的小灯却没有点亮。

147

死文字的尘土沾着你。

用沉默去洗净你的灵魂吧。

148

生命里留了许多罅隙，从中送来了死之忧郁的音乐。

149

世界已在早晨敞开了它的光明之心。

出来吧，我的心，带着你的爱去与它相会。

150

我的思想随着这些闪耀的绿叶而闪耀；我的心灵因了这日光的抚触而歌唱；

我的生命因为偕了万物一同浮泛在空间的蔚蓝、时间的墨黑中而感到欢快。

151
上天的巨大的威权是在柔和的微飔里，而不在狂风暴雨之中。

152
在梦中，一切事都散漫着，都压着我，但这不过是一个梦呀。当我醒来时，我便将觉得这些事都已聚集在你那里，我也便将自由了。

153
落日问道："有谁继续我的职务呢？"
瓦灯说道："我要尽我所能地做去，我的主人。"

154
采着花瓣时，得不到花的美丽。

155
沉默蕴蓄着语声，正如鸟巢拥围着睡鸟。

156
大的不怕与小的同游。
居中的却远而避之。

157
夜秘密地把花开放了，却让那白日去领受谢词。

158
权势认为牺牲者的痛苦是忘恩负义。

159
当我们以我们的充实为乐时，那么，我们便能很快乐地跟我们的果实分手了。

160
雨点吻着大地，微语道：“我们是你的思家的孩子，母亲，现在从天上回到你这里来了。”

161
蛛网好像要捉露点，却捉住了苍蝇。

162
爱情呀！当你手里拿着点亮了的痛苦之灯走来时，我能够看见你的脸，而且以你为幸福。

163
萤火对天上的星星说道：“学者说你的光明总有一天会消灭的。”
天上的星星不回答它。

164
在黄昏的微光里，有那清晨的鸟儿来到了我的沉默的鸟巢里。

165

思想掠过我的心上，如一群野鸭飞过天空。

我听见它们鼓翼之声了。

166

沟洫总喜欢想：河流的存在，是专为它供给水流的。

167

世界以它的痛苦同我接吻，而要求歌声做报酬。

168

压迫着我的，到底是我的想要外出的灵魂呢，还是那世界的灵魂，敲着我心的门，想要进来呢？

169

思想以它自己的言语喂养它自己而成长起来。

170

我把我的心之碗轻轻浸入这沉默之时刻中，它盛满了爱了。

171

或者你在工作，或者你没有。

当你不得不说“让我们做些事吧”时，那么就要开始胡闹了。

172

向日葵羞于把无名的花朵看作它的同胞。

太阳升上来了，向它微笑，说道：“你好么，我的宝贝儿？”

173

“谁如命运似的推着我向前走呢？”

“那是我自己，在身背后大跨步走着。”

174

云把水倒在河的水杯里，它们自己却藏在远山之中。

175

我一路走去，从我的水瓶中漏出水来。

只剩下极少极少的水供我回家使用了。

176

杯中的水是光辉的；海中的水却是黑色的。

小理可以用文字来说清楚；大理却只有沉默。

177

你的微笑是你自己田园里的花，你的谈吐是你自己山上的松林的萧萧；

但是你的心呀，却是那个女人，那个我们全都认识的女人。

178

我把小小的礼物留给我所爱的人——大的礼物却留给一切的人。

179

妇人呀，你用泪海包绕着世界的心，正如大海包绕着大地。

180

太阳以微笑向我问候。

雨，他的忧闷的姐姐，向我的心谈话。

181

我的昼间之花，落下它那被遗忘的花瓣。

在黄昏中，这花成熟为一颗记忆的金果。

182

我像那夜间之路，正静悄悄地谛听着记忆的足音。

183

黄昏的天空，在我看来，像一扇窗户，一盏灯火，灯火背后的一次等待。

184

太急于做好事的人，反而找不到时间去做好人。

185

我是秋云，空空地不载着雨水，但在成熟的稻田中，可以看见我的充实。

186

他们嫉妒，他们残杀，人反而称赞他们。

然而上帝却害了羞，匆匆地把他的记忆埋藏在绿草下面。

187

脚趾乃是舍弃了其过去的手指。

188

黑暗向光明旅行，但是盲者却向死亡旅行。

189

小狗疑心大宇宙阴谋篡夺它的位置。

190

静静地坐着吧，我的心，不要扬起你的尘土。

让世界自己寻路向你走来。

191

弓在箭要射出之前，低声对箭说道：“你的自由就是我的自由。”

192

妇人，在你的笑声里有着生命之泉的音乐。

193

全是理智的心，恰如一柄全是锋刃的刀。

它叫使用它的人手上流血。

194

神爱人间的灯光甚于他自己的大星。

195

这世界乃是为美之音乐所驯服了的、狂风骤雨的世界。

196

晚霞向太阳说道："我的心经了你的接吻，便似金的宝箱了。"

197

接触着，你许会杀害；远离着，你许会占有。

198

蟋蟀的唧唧，夜雨的淅沥，从黑暗中传到我的耳边，好似我已逝的少年时代沙沙地来到我梦境中。

199

花朵向星辰落尽了的曙天叫道："我的露点全失落了。"

200

燃烧着的木块，熊熊地生出火光，叫道："这是我的花朵，我的死亡。"

201

黄蜂认为邻蜂储蜜之巢太小。
他的邻人要他去建筑一个更小的。

202

河岸向河流说道："我不能留住你的波浪。让我保存你的足印在我心里吧。"

203

白日以这小小的地球的喧扰，淹没了整个宇宙的沉默。

204

歌声在空中感到无限，图画在地上感到无限，诗呢，无论在空中，在地上都是如此。

因为诗的词句含有能走动的意义与能飞翔的音乐。

205

太阳在西方落下时，他的早晨的东方已静悄悄地站在他面前。

206

让我不要错误地把自己放在我的世界里而使它反对我。

207

荣誉使我感到惭愧，因为我暗地里求着它。

208

当我没有什么事做时，便让我不做什么事，不受骚扰地沉入安静深处吧，一如海水沉默时海边的暮色。

209

少女呀，你的纯朴，如湖水之碧，表现出你的真理之深邃。

210

最好的东西不是独来的，

它伴了所有的东西同来。

211
神的右手是慈爱的，但是他的左手却可怕。

212
我的晚色从陌生的树木中走来，它用我的晓星所不懂得的语言说话。

213
夜之黑暗是一只口袋，迸出黎明的金光。

214
我们的欲望把彩虹的颜色借给那只不过是云雾的人生。

215
神等待着，要从人的手上把他自己的花朵作为礼物赢回去。

216
我的忧思缠绕着我，要问我它们自己的名字。

217
果实的事业是尊贵的，花的事业是甜美的；但是让我做叶的事业吧，叶是谦逊地、专心地垂着绿荫的。

218
我的心向着阑珊的风张了帆，要到无论何处的荫凉之岛去。

219
独夫们是凶暴的，但人民是善良的。

220
把我当作你的杯吧，让我为了你，而且为了你的人而盛满水吧。

221
狂风暴雨像是在痛苦中的某个天神的哭声，因为他的爱情被大地所拒绝。

222
世界不会流失，因为死亡并不是一个罅隙。

223
生命因为付出了的爱情而更为富足。

224
我的朋友，你伟大的心闪射出东方朝阳的光芒，正如黎明中一个积雪的孤峰。

225
死之流泉，使生的止水跳跃。

226
那些有一切东西而没有您的人，我的神，在讥笑着那些没有别的东西而只有您的人呢。

227
生命的运动在它自己的音乐里得到它的休息。

228
踢足只能从地上扬起灰尘而不能得到收获。

229
我们的名字，便是夜里海波上发出的光，痕迹也不留就泯灭了。

230
让睁眼看着玫瑰花的人也看看它的刺。

231
鸟翼上系上了黄金，这鸟便永不能再在天上翱翔了。

232
我们地方的荷花又在这陌生的水上开了花，放出同样的清香，只是名字换了。

233
在心的远景里，那相隔的距离显得更广阔了。

234
月儿把她的光明遍照在天上，却留着她的黑斑给她自己。

235

不要说“这是早晨”，别用一个“昨天”的名词把它打发掉。你第一次看到它，把它当作还没有名字的新生孩子吧。

236

青烟对天空夸口，灰烬对大地夸口，都以为它们是火的兄弟。

237

雨点向茉莉花微语道：“把我永久地留在你的心里吧。”

茉莉花叹息了一声，落在地上了。

238

腼怯的思想呀，不要怕我。

我是一个诗人。

239

我的心在朦胧的沉默里，似乎充满了蟋蟀的鸣声——声音的灰暗的暮色。

240

爆竹呀，你对于群星的侮蔑，又跟着你自己回到地上来了。

241

您曾经带领着我，穿过我的白天的拥挤不堪的旅程，而到达了我的黄昏的孤寂之境。

在通宵的寂静里，我等待着它的意义。

242

我们的生命就似渡过一个大海，我们都相聚在这个狭小的舟中。

死时，我们便到了岸，各往各的世界去了。

243

真理之川从它的错误之沟渠中流过。

244

今天我的心是在想家了，在想着那跨过时间之海的那一个甜蜜的时候。

245

鸟的歌声是曙光从大地反响过去的回声。

246

晨光问毛茛道：“你是骄傲得不肯和我接吻么？”

247

小花问道：“我要怎样地对你唱，怎样地崇拜你呢，太阳呀？”

太阳答道：“只要用你的纯洁的素朴的沉默。”

248

当人是兽时，他比兽还坏。

249

黑云受光的接吻时便变成天上的花朵。

250

不要让刀锋讥笑它柄子的拙钝。

251

夜的沉默，如一个深深的灯盏，银河便是它燃着的灯光。

252

死像大海的无限的歌声，日夜冲击着生命的光明岛的四周。

253

花瓣似的山峰在饮着日光，这山岂不像一朵花吗？

254

“真实”的含义被误解，轻重被倒置，那就成了“不真实”。

255

我的心呀，从世界的流动中找你的美吧，正如那小船得到风与水的优美似的。

256

眼不以能视来骄人，却以它们的眼镜来骄人。

257

我住在我的这个小小世界里，生怕使它再缩小一丁点儿。把我抬举到您的世界里去吧，让我高高兴兴地失去我的一切的自由。

258
虚伪永远不能凭借它生长在权力中而变成真实。

259
我的心，同着它的歌的拍子舐岸的波浪，渴望着要抚爱这个阳光熙和的绿色世界。

260
道旁的草，爱那天上的星吧，你的梦境便可在花朵里实现了。

261
让你的音乐如一柄利刃，直刺入市井喧扰的心中吧。

262
这树的颤动之叶，触动着我的心，像一个婴儿的手指。

263
小花睡在尘土里。
它寻求蝴蝶走的道路。

264
我是在道路纵横的世界上。
夜来了。打开您的门吧，家之世界呵！

265
我已经唱过了您的白天的歌。
在黄昏时候，让我拿着您的灯走过风雨飘摇的道路吧。

266

我不要求你进我的屋里。

你且到我无量的孤寂里来吧，我的爱人！

267

死亡隶属于生命，正与生一样。

举足是走路，正如落足也是走路。

268

我已经学会了在花与阳光里微语的意义——再教我明白你在苦与死中所说的话吧。

269

夜的花朵来晚了，当早晨吻着她时，她颤栗着，叹息了一声，萎落在地上了。

270

从万物的愁苦中，我听见了“永恒母亲”的呻吟。

271

大地呀，我到你岸上时是一个陌生人，住在你屋内时是一个宾客，离开你的门时是一个朋友。

272

当我去时，让我的思想到你那里来，如那夕阳的余光，映在沉默的星天的边上。

273
在我的心头燃点起那休憩的黄昏星吧，然后让黑夜向我微语着爱情。

274
我是一个在黑暗中的孩子。
我从夜的被单里向您伸出我的双手，母亲。

275
白天的工作完了。把我的脸掩藏在您的臂间吧，母亲。
让我入梦吧。

276
集会时的灯光，点了很久，会散时，灯便立刻灭了。

277
当我死时，世界呀，请在你的沉默中，替我留着“我已经爱过了”这句话吧。

278
我们在热爱世界时便生活在这世界上。

279
让死者有那不朽的名，但让生者有那不朽的爱。

280
我看见你，像那半醒的婴孩在黎明的微光里看见他的母亲，于是微笑而又睡去了。

281

我将死了又死，以明白生是无穷无尽的。

282

当我和拥挤的人群一同在路上走过时，我看见您从阳台上送过来的微笑，我歌唱着，忘却了所有的喧哗。

283

爱就是充实了的生命，正如盛满了酒的酒杯。

284

他们点了他们自己的灯，在他们的寺院内，吟唱他们自己的话语。

但是小鸟们却在你的晨光中，唱着你的名字——因为你的名字便是快乐。

285

领我到您的沉寂的中心，使我的心充满了歌吧。

286

让那些选择了他们自己的焰火咝咝的世界的，就生活在那里吧。

我的心渴望着您的繁星，我的上帝。

287

爱的痛苦环绕着我的一生，像汹涌的大海似的唱着；而爱的快乐却像鸟儿们在花林里似的唱着。

288

假如您愿意，您就熄了灯吧。

我将明白您的黑暗，而且将喜爱它。

289

当我在那日子的终了，站在您的面前时，您将看见我的伤疤，而知道我有我的许多创伤，但也有我的医治的法儿。

290

总有一天，我要在别的世界的晨光里对你唱道："我以前在地球的光里，在人的爱里，已经见过你了。"

291

从别的日子里飘浮到我的生命里的云，不再落下雨点或引起风暴了，却只给予我的夕阳的天空以色彩。

292

真理引起了反对它自己的狂风骤雨，那场风雨吹散了真理的广播的种子。

293

昨夜的风雨给今日的早晨戴上了金色的和平。

294

真理仿佛带了它的结论而来，而那结论却产生了它的第二个。

295

他是有福的，因为他的名望并没有比他的真实更光亮。

296

您的名字的甜蜜充溢着我的心，而我忘掉了我自己的——就像您的早晨的太阳升起时，那大雾便消失了。

297

静悄悄的黑夜具有母亲的美丽，而吵闹的白天具有孩子的美丽。

298

当人微笑时，世界爱了他；当他大笑时，世界便怕他了。

299

神等待着人在智慧中重新获得童年。

300

让我感到这个世界乃是您的爱的成形吧，那么，我的爱也将帮助着它。

301

您的阳光对着我的心头的冬天微笑着，从来不怀疑它的春天的花朵。

302

神在他的爱里吻着“有涯”，而人却吻着“无涯”。

303

您越过不毛之地的沙漠而到达了圆满的时刻。

304

上天的静默使人的思想成熟而为语言。

305

“永恒的旅客”呀，你可以在我的歌中找到你的足迹。

306

让我不致羞辱您吧，父亲，您在您的孩子们身上显现出您的光荣。

307

这一天是不快活的。光在蹙额的云下，如一个被责打的儿童，灰白的脸上留着泪痕；风又号叫着，似一个受伤的世界的哭声。但是我知道，我正跋涉着去会我的朋友。

308

今天晚上棕榈叶在嚓嚓地作响，海上有大浪，满月呵，就像世界在心脉悸跳。从什么不可知的天空，您在您的沉默里带来了爱的痛苦的秘密？

309

我梦见一颗星，一个光明岛屿，我将在那里出生。在它快速的闲暇深处，我的生命将成熟它的事业，像阳光下的稻田。

310

雨中的湿土的气息，就像从渺小的无声的群众那里来的一阵巨大的赞美歌声。

311

说爱情会失去的那句话，乃是我们不能够当作真理来接受的一个事实。

312

我们将有一天会明白，死永远不能够夺去我们的灵魂所获得的东西。因为她所获得的，和她自己是一体。

313

神在我的黄昏的微光中，带着花到我这里来。这些花都是我过去的，在他的花篮中还保存得很新鲜。

314

神呀，当我的生之琴弦都已调得谐和时，你的手的一弹一奏，都可以发出爱的乐声来。

315

让我真真实实地活着吧，我的神。这样，死对于我也就成了真实的了。

316

人类的历史在很忍耐地等待着被侮辱者的胜利。

317

我这一刻感到你的眼光正落在我的心上，像那早晨阳光中的沉默落在已收获的孤寂的田野上一样。

318

在这喧哗的波涛起伏的海中，我渴望着咏歌之岛。

319

夜的序曲是开始于夕阳西下的音乐，开始于它对难以形容的黑暗所作的庄严的赞歌。

320

我攀登上高峰，发现在名誉的荒芜不毛的高处，简直找不到一个遮身之地。我的引导者呵，领导着我在光明逝去之前，进到沉静的山谷里去吧。在那里，一生的收获将会成熟为黄金的智慧。

321

在这个黄昏的朦胧里，好些东西看来都仿佛是幻象一般——尖塔的底层在黑暗里消失了，树顶像是墨水的模糊的斑点似的。我将等待着黎明，而当我醒来的时候，就会看到在光明里的您的城市。

322

我曾经受过苦，曾经失望过，曾经体会过“死亡”，于是我以我在这伟大的世界里为乐。

323

在我的一生里，也有贫乏和沉默的地域。它们是我忙碌的日子得到日光与空气的几片空旷之地。

324

我的未完成的过去，从后边缠绕到我身上，使我难于死去。请从它那里释放了我吧。

325

“我相信你的爱。”让这句话做我的最后的话。

园丁集

当我爱来了，坐在我身旁，当我的身躯震颤，我的眼睫下垂，夜更深了，风吹灯灭，云片在繁星上曳过轻纱。

1

仆人：

请对您的仆人开恩吧，我的女王！

女王：

集会已经开过，我的仆人们都走了。你为什么来得这么晚呢？

仆人：

您同别人谈过以后，就是我的时间了。

我来问有什么剩余的工作，好让您的最末一个仆人去做。

女王：

在这么晚的时间你还想做什么呢？

仆人：

让我做您花园里的园丁吧。

女王：

这是什么傻想头呢？

仆人：

我要搁下别的工作。

我把我的剑矛扔在尘土里。不要差遣我去遥远的宫廷；

不要命令我做新的征讨。只求您让我做花园里的园丁。

女王：

你的职责是什么呢？

仆人：

为您闲散的日子服务。

我要保持您晨兴散步的草径清爽新鲜，您每一移步将有甘于就死的繁花以赞颂来欢迎您的双足。

我将在七叶树的枝间推送您的秋千；向晚的月亮将挣扎着从叶隙里吻您的衣裙。

我将在您床边的灯盏里添满香油，我将用檀香和番红花膏在您脚垫上涂画上美妙的花样。

女王：

你要什么酬报呢？

仆人：

只要您允许我像握着嫩柔的菡萏一般地握住您的小拳，把花串套上您的纤腕；允许我用无忧花的红汁来染你的脚底，以亲吻来拂去那偶然留在那里的尘埃。

女王：

你的祈求被接受了，我的仆人，你将是我花园里的园丁。

2

“呵，诗人，夜晚渐临；你的头发已经变白。

“在你孤寂的沉思中听到了来生的消息么？”

“是夜晚了。”诗人说，“夜虽已晚，我还在静听，因为也许有人会从村中呼唤。

“我看守着，是否有年轻的飘游的心聚在一起，两对渴望的眼睛切求有音乐来打破他们的沉默，并替他们说话。

“如果我坐在生命的岸边默想着死亡和来世，又有谁来编写他们的热情的诗歌呢?

“早现的晚星消隐了。

“火葬灰中的红光在沉静的河边慢慢地熄灭下去。

“残月的微光下，胡狼从空宅的庭院里齐声嗥叫。

“假如有游子们离了家，到这里来守夜，低头静听黑暗的微语，有谁把生命的秘密向他耳边低诉呢，如果我关起门户，企图摆脱世俗的牵缠?

“我的头发变白是一件小事。

“我是永远和这村里最年轻的人一样年轻，最年老的人一样年老。

“有的人发出甜柔单纯的微笑，有的人眼里含着狡狯的闪光。

“有的人在白天流涌着眼泪，有的人的眼泪却隐藏在幽暗里。

“他们都需要我，我没有时间去冥想来生。

“我和每一个人都是同年的，我的头发变白了又该怎样呢？”

3

早晨我把网撒在海里。

我从沉黑的深渊拉出奇形奇美的东西——有些微笑般地发亮，有些眼泪般地闪光，有的晕红得像新娘的双颊。

当我携带着这一天的担负回到家里的时候，我爱正坐在园里悠闲地扯着花叶。

我沉吟了一会，就把我捞得的一切放在她的脚前，沉默地站着。

她瞥了一眼说：“这是些什么怪东西？我不知道这些东西有什么用处！”

我羞愧得低了头，心想：“我并没有为这些东西去奋斗，也不是从市场里买来的；这不是一些配送给她的礼物。”

整夜的工夫我把这些东西一件一件地丢到街上。

早晨行路的人来了；他们把这些拾起带到远方去了。

4

我真烦，为什么他们把我的房子盖在通向市镇的路边呢?

他们把满载的船只拴在我的树上。

他们任意地来去游逛。

我坐着看着他们，光阴都消磨了。

我不能回绝他们。这样我的日子便过去了。

日日夜夜他们的足音在我门前震荡。

我徒然地叫道："我不认识你们。"

有些人是我的手指所认识的，有些人是我的鼻官所认识的，我脉管中的血液似乎认得他们，有些人是我的魂梦所认识的。

我不能回绝他们。我呼唤他们说："谁愿意到我房子里来就请来吧。对了，来吧。"

清晨，庙里的钟声敲起。

他们提着筐子来了。

他们的脚像玫瑰般红。熹微的晨光照在他们脸上。

我不能回绝他们。我呼唤他们说："到我园里来采花吧。

到这里来吧。"

中午，锣声在庙殿门前敲起。

我不知道他们为什么放下工作在我篱畔流连。

他们发上的花朵已经褪色枯萎了，他们横笛里的音调也显得乏倦。

我不能回绝他们。我呼唤他们说："我的树荫下是凉爽的。

来吧，朋友们。"

夜里蟋蟀在林中唧唧地叫。

是谁慢慢地来到我的门前轻轻地敲叩？

我模糊地看到他的脸，他一句话也没说，四围是天空的静默。

我不能回绝我的沉默的客人。我从黑暗中望着他的脸，梦幻的时间过去了。

5

我心绪不宁。我渴望着遥远的事物。

我的灵魂在极想中走出，要去摸触幽暗的远处的边缘。

呵，“伟大的来生”，呵，你笛声的高亢的呼唤！

我忘却了，我总是忘却了，我没有奋飞的翅翼，我永远在这地点系住。

我切望而又清醒，我是一个异乡的异客。

你的气息向我低语出一个不可能的希望。

我的心懂得你的语言，就像它懂得自己的语言一样。

呵，“遥远的寻求”，呵，你笛声的高亢的呼唤！

我忘却了，我总是忘却了，我不认得路，我也没有生翼的马。

我心绪不宁，我是自己心中的流浪者。

在疲倦时光的日霭中，你广大的幻象在天空的蔚蓝中显现！

呵，“最远的尽头”，呵，你笛声的高亢的呼唤！

我忘却了，我总是忘却了，在我独居的房子里，所有的门户都是紧闭的！

6

驯养的鸟在笼里，自由的鸟在林中。

时间到了，他们相会，这是命中注定的。

自由的鸟说：“呵，我爱，让我们飞到林中去吧。”

笼中的鸟低声说：“到这里来吧，让我俩都住在笼里。”

自由的鸟说：“在栅栏中间，哪有展翅的余地呢？”

“可怜呵，”笼中的鸟说，“在天空中我不晓得到哪里去栖息。”

自由的鸟叫唤说：“我的宝贝，唱起林野之歌吧。”

笼中的鸟说：“坐在我旁边吧，我要教你说学者的语言。”

自由的鸟叫唤说：“不，不！歌曲是不能传授的。”

笼中的鸟说：“可怜的我呵，我不会唱林野之歌。”

他们的爱情因渴望而更加热烈，但是他们永不能比翼双飞。

他们隔栏相望，而他们相知的愿望是虚空的。

他们在依恋中振翼，唱说：“靠近些吧，我爱！”

自由的鸟叫唤说：“这是做不到的，我怕这笼子的紧闭的门。”

笼里的鸟低声说：“我的翅翼是无力的，而且已经死去了。”

7

呵，母亲，年轻的王子要从我们门前走过，——今天早晨我哪有心思干活呢？

教给我怎样绾发；告诉我应该穿哪件衣裳。

你为什么惊讶地望着我呢，母亲？

我深知他不会仰视我的窗户；我知道一刹那间他就要走出我的视线以外；只有那摇曳的笛声将从远处向我呜咽。

但是那年轻的王子将从我们门前走过，这时节我要穿上我最好的衣裳。

呵，母亲，年轻的王子已经从我们门前走过了，从他的车辇里射出朝日的金光。

我从脸上掠开面纱，我从颈上扯下红玉的颈环，扔在他走来的路上。

你为什么惊讶地望着我呢，母亲？

我深知他没有拾起我的颈环；我知道它在他的轮下碾碎了，在尘土上留下了红斑，没有人晓得我的礼物是什么样子，也不知道是谁给的。

但是那年轻的王子曾经从我们门前走过，我也曾经把我胸前的珍宝丢在他走来的路上了。

8

当我床前的灯熄灭了，我和晨鸟一同醒起。

我在散发上戴上新鲜的花串，坐在洞开的窗前。

那年轻的行人在玫瑰色的朝霭中从大路上来了。

珠链在他的颈上，阳光在他的冠上。他停在我的门前，用切望的呼声问我："她在哪里呢？"

因为深深害羞，我不好意思说出："她就是我，年轻的行人，她就是我。"

黄昏来到，还未上灯。

我心绪不宁地编着头发。

在落日的光辉中年轻的行人驾着车辇来了。

他的驾车的马，嘴里喷着白沫，他的衣袍上蒙着尘土。

他在我的门前下车，用疲乏的声音问："她在哪里呢？"

因为深深害羞，我不好意思说出："她就是我，愁倦的行人，她就是我。"

一个四月的夜晚。我的屋里点着灯。

南风温柔地吹来。多言的鹦鹉在笼里睡着了。

我的衷衣和孔雀颈毛一样地华彩，我的披纱和嫩草一样地碧青。

我坐在窗前地上看望着冷落的街道。

在沉黑的夜中我不住地低吟着，“她就是我，失望的行人，她就是我。”

9

当我在夜里独赴幽会的时候，鸟儿不叫，风儿不吹，街道两旁的房屋沉默地站立着。

是我自己的脚镯越走越响使我羞怯。

当我站在凉台上倾听他的足音，树叶不摇，河水静止像熟睡的哨兵膝上的刀剑。

是我自己的心在狂跳——我不知道怎样使它宁静。

当我爱来了，坐在我身旁，当我的身躯震颤，我的眼睫下垂，夜更深了，风吹灯灭，云片在繁星上曳过轻纱。

是我自己胸前的珍宝放出光明。我不知道怎样把它遮起。

10

放下你的工作吧，我的新娘。听，客人来了。

你听见没有，他在轻轻地摇动那拴门的链子？

小心不要让你的脚镯响出声音，在迎接他的时候你的脚步不要太急。

放下你的工作吧，新娘，客人在晚上来了。

不，这不是一阵阴风，新娘，不要惊惶。

这是四月夜中的满月，院里的影子是暗淡的，头上的天空是明亮的。

把轻纱遮上脸，若是你觉得需要；提着灯到门前去，若是你害怕。

不，这不是一阵阴风，新娘，不要惊惶。

若是你害羞就不必和他说话，你迎接他的时候只须站在门边。

他若问你话，若是你愿意这样做，你就沉默地低眸。

不要让你的手镯作响，当你提着灯，带他进来的时候。

不必同他说话，如果你害羞。

你的工作还没有做完么，新娘？听，客人来了。

你还没有把牛棚里的灯点起来么？

你还没有把晚祷的供筐准备好么？

你还没有在发缝中涂上鲜红的吉祥点，你还没有理过晚妆么？

呵，新娘，你没有听见，客人来了么？

放下你的工作吧！

11

你就这样地来吧；不要在梳妆上挨延了。

即使你的辫发松散，即使你的发缝没有分直，即使你衷衣的丝带没有系好，都不要管它。

你就这样地来吧；不要在梳妆上挨延了。

来吧，用快步踏过草坪。

即使露水沾掉了你脚上的红粉，即使你踝上的铃串褪松，即使你链上的珠儿脱落，都不要管它。

来吧，用快步踏过草坪吧。

你没看见云雾遮住天空么？

鹤群从远远的河岸飞起，狂风吹过常青的灌木。

惊牛奔向村里的栅棚。

你没看见云雾遮住天空么?

你徒然点上晚妆的灯火——它颤摇着在风中熄灭了。

谁能看出你眼睫上没有涂上乌烟?因为你的眼睛比雨云还黑。

你徒然点上晚妆的灯火——它熄灭了。

你就这样地来吧,不要在梳妆上挨延了。

即使花环没有穿好,谁管它呢;即使手镯没有扣上,让它去吧。

天空被阴云塞满了——时间已晚。

你就这样地来吧;不要在梳妆上挨延了。

12

若是你要忙着把水瓶灌满,来吧,到我的湖上来吧。

湖水将回绕在你的脚边,潺潺地说出它的秘密。

沙滩上有了欲来的雨云的阴影,云雾低垂在丛树的绿线上,像你眉上的浓发。

我深深地熟悉你脚步的韵律,它在我心中敲击。

来吧,到我的湖上来吧,如果你必须把水瓶灌满。

如果你想懒散闲坐，让你的水瓶漂浮在水面，来吧，到我的湖上来吧。

草坡碧绿，野花多得数不清。

你的思想将从你乌黑的眼眸中飞出，像鸟儿飞出窝巢。

你的披纱将褪落到脚上。

来吧，如果你要闲坐，到我的湖上来吧。

如果你想撇下嬉游跳进水里，来吧，到我的湖上来吧。

把你的蔚蓝的丝布留在岸上；蔚蓝的水将没过你，盖住你。

水波将蹑足来吻你的颈项，在你耳边低语。

来吧，如果你想跳进水里，到我的湖上来吧。

如果你想发狂而投入死亡，来吧，到我的湖上来吧。

它是清凉的，深到无底。

它沉黑得像无梦的睡眠。

在它的深处黑夜就是白天，歌曲就是静默。

来吧，如果你想投入死亡，到我的湖上来吧。

13

我一无所求，只站在林边树后。

倦意还逗留在黎明的眼上，露润在空气里。

湿草的懒味悬垂在地面的薄雾中。

在榕树下你用乳油般柔嫩的手挤着牛奶。

我沉静地站立着。

我没有说出一个字。那是藏起的鸟儿在密叶中歌唱。

芒果树在树径上撒着繁花，蜜蜂一只一只地嗡嗡飞来。

池塘边湿婆天的庙门开了，朝拜者开始诵经。

你把罐儿放在膝上挤着牛奶。

我提着空桶站立着。

我没有走近你。

天空和庙里的锣声一同醒起。

街尘在驱走的牛蹄下飞扬。

把汩汩发响的水瓶搂在腰上，女人们从河边走来。

你的钏镯叮当，乳沫溢出罐沿。

晨光渐逝而我没有走近你。

14

我在路边行走，也不知道为什么，时已过午，竹枝在风中簌簌作响。

横斜的影子伸臂拖住流光的双足。

布谷鸟都唱倦了。

我在路边行走，也不知道为什么。

低垂的树荫盖住水边的茅屋。

有人正忙着工作，她的钏镯在一角放出音乐。

我在茅屋前面站着，我不知道为什么。

曲径穿过一片芥菜田地和几层芒果树林。

它经过村庙和渡头的市集。

我在这茅屋面前停住了，我不知道为什么。

好几年前，三月风吹的一天，春天倦慵地低语，芒果花落在地上。

浪花跳起掠过立在渡头阶沿上的铜瓶。

我想着三月风吹的这一天，我不知道为什么。

阴影更深，牛群归栏。

冷落的牧场上日色苍白，村人在河边待渡。

我缓步回去，我不知道为什么。

15

我像麝鹿一样在林荫中奔走，为着自己的香气而发狂。

夜晚是五月正中的夜晚，清风是南国的清风。

我迷了路，我游荡着，我寻求那得不到的东西，我得到我所没有寻求的东西。

我自己的愿望的形象从我心中走出，跳起舞来。

这闪光的形象飞掠过去。

我想把它紧紧捉住，它躲开了又引着我飞走下去。

我寻求那得不到的东西，我得到我所没有寻求的东西。

16

手握着手，眼恋着眼；这样开始了我们的心的纪录。

这是三月的月明之夜；空气里有凤仙花的芬芳；我的横笛抛在地上，你的花串也没有编成。

你我之间的爱像歌曲一样的单纯。

你橙黄色的面纱使我眼睛陶醉。

你给我编的茉莉花环使我心震颤，像是受了赞扬。

这是一个又予又留、又隐又现的游戏；有些微笑，有些娇羞，也有些甜柔的无用的抵拦。

你我之间的爱像歌曲一样的单纯。

没有现在以外的神秘；不强求那做不到的事情；没有魅惑后面的阴影；没有黑暗深处的探索。

你我之间的爱像歌曲一样的单纯。

我们没有走出一切语言之外进入永远的沉默；我们没有向空举手寻求希望以外的东西。

我们付予，我们取得，这就够了。

我们没有把喜乐压成微尘来榨取痛苦之酒。

你我之间的爱像歌曲一样的单纯。

17

黄鸟在自己的树上歌唱，使我的心喜舞。

我们两人住在一个村子里，这是我们的一份快乐。

她心爱的一对小羊，到我园树的荫下吃草。

它们若走进我的麦地，我就把它们抱在臂里。

我们的村子名叫康遮那，人们管我们的小河叫安遮那。

我的名字村人都知道，她的名字是软遮那。

我们中间只隔着一块田地。

在我们树里做窝的蜜蜂，飞到他们林中去采蜜。

从他们渡头街上流来的落花，飘到我们洗澡的池塘里。

一筐一筐的红花干从他们地里送到我们的市集上。

我们的村子名叫康遮那，人们管我们的小河叫安遮那。

我的名字村人都知道，她的名字是软遮那。

到她家去的那条曲巷，春天充满了芒果的花香。

他们亚麻子收成的时候，我们地里的苎麻正在开放。

在他们房上微笑的星辰，送给我们以同样的闪亮。

在他们水槽里满溢的雨水，也使我们的迦昙树林喜乐。

我们村子名叫康遮那，人们管我们的小河叫安遮那。

我的名字村人都知道，她的名字是软遮那。

18

当这两个姊妹出去打水的时候，她们来到这地点，她们微笑了。

她们一定觉察到，每次她们出来打水的时候，那个站在树后的人儿。

姊妹俩相互耳语，当她们走过这地点的时候。

她们一定猜到了，每逢她们出来打水的时候，那个人站在树后的秘密。

她们的水瓶忽然倾倒，水倒出来了，当她们走到这地点的时候。

她们一定发觉，每逢她们出来打水的时候，那个站在树后的人的心正在跳着。

姊妹俩相互瞥了一眼又微笑了，当她们来到这地点的时候。

她们飞快的脚步里带着笑声，使这个每逢她们出来打水的时候站在树后的人儿心魂缭乱了。

19

你腰间搂着灌满的水瓶，在河边路上行走。

你为什么急遽地回头，从飘扬的面纱里偷偷地看我？

这个从黑暗中向我送来的闪视，像凉风在粼粼的微波上掠过，一阵震颤直到阴荫的岸边。

它向我飞来，像夜中的小鸟急遽地穿过无灯的屋子的两边洞开的窗户，又在黑夜中消失了。

你像一颗隐在山后的星星，我是路上的行人。

但是你为什么站了一会，从面纱中瞥视我的脸，当你腰间搂着灌满的水瓶在河边路上行走的时候？

20

他天天来了又走了。

去吧，把我头上的花朵送去给他吧，我的朋友。

假如他问赠花的人是谁，我请你不要把我的名字告诉他——因为他来了又要走的。

他坐在树下的地上。

用繁花密叶给他敷设一个座位吧，我的朋友。

他的眼神是忧郁的，它把忧郁带到我的心中。

他没有说出他的心事；他只是来了又走了。

21

他为什么特地来到我的门前，这年轻的游子，当天色黎明的时候？

每次我进出经过他的身旁，我的眼睛总被他的面庞所吸引。

我不知道我是应该同他说话还是保持沉默。他为什么特地到我门前来呢？

七月的阴夜是黑沉的；秋日的天空是浅蓝的，南风把春天吹得骀荡不宁。

他每次用新调编着新歌。

我放下活计眼里充满雾水。他为什么特地到我门前来呢？

22

当她用急步走过我的身旁，她的裙缘触到了我。

从一颗心的无名小岛上忽然吹来了一阵春天的温馨。

一霎飞触的缭乱扫拂过我，立刻又消失了，像扯落了的花瓣在和风中飘扬。

它落在我的心上，像她的身躯的叹息和她心灵的低语。

23

你为什么悠闲地坐在那里，把镯子玩得叮当作响呢？

把你的水瓶灌满了吧。是你应当回家的时候了。

你为什么悠闲地拨弄着水玩。偷偷地瞥视路上的行人呢？

灌满你的水瓶回家去吧。

早晨的时间过去了——沉黑的水不住地流逝。

波浪相互低语嬉笑闲玩着。

流荡的云片聚集在远野高地的天边。

它们留连着悠闲地看着你的脸微笑着。

灌满你的水瓶回家去吧。

24

不要把你心的秘密藏起，我的朋友！

对我说吧，秘密地对我一个人说吧。

你这个笑得这样温柔、说得这样轻软的人，我的心将听着你的语言，不是我的耳朵。

夜深沉，庭宁静，鸟巢也被睡眠笼罩着。

从踌躇的眼泪里，从沉吟的微笑里，从甜柔的羞怯和痛苦里，把你心的秘密告诉我吧！

25

“到我们这里来吧，青年人，老实告诉我们，为什么你眼里带着疯癫？”

“我不知道我喝了什么野罂粟花酒，使我的眼带着疯癫。”

“呵，多难为情！”

“好吧，有的人聪明有的人愚拙，有的人细心有的人马虎。有的眼睛会笑，有的眼睛会哭——我的眼睛是带着疯癫的。”

“青年人，你为什么这样凝立在树影下呢？”

“我的脚被我沉重的心压得疲倦了，我就在树影下凝立着。”

“呵，多难为情！”

“好吧，有人一直行进，有人到外流连，有的人是自由的，有的人是锁住的——我的脚被我沉重的心压得疲倦了。”

26

“从你慷慨的手里所付予的，我都接受。我别无所求。”

“是了，是了，我懂得你，谦卑的乞丐，你是乞求一个人的一切所有。”

“若是你给我一朵残花，我也要把它戴在心上。”

“若是那花上有刺呢？”

“我就忍受着。”

“是了，是了，我懂得你，谦卑的乞丐，你是乞求一个人的一切所有。”

“如果你只在我脸上瞥来一次爱怜的眼光，就会使我的生命直到死后还是甜蜜的。”

“假如那只是残酷的眼色呢？”

“我要让它永远穿刺我的心。”

“是了，是了，我懂得你，谦卑的乞丐，你是乞求一个人的一切所有。”

27

“即使爱只给你带来了哀愁，也信任它。不要把你的心关起。”

“呵，不，我的朋友，你的话语太隐晦了，我不懂得。”

“心是应该和一滴眼泪、一首诗歌一起送给人的，我爱。”

“呵，不，我的朋友，你的话语太隐晦了，我不懂得。”

“喜乐像露珠一样的脆弱，它在欢笑中死去。哀愁却是坚强而耐久。让含愁的爱在你眼中醒起吧。”

“呵，不，我的朋友，你的话语太隐晦了，我不懂得。”

“荷花在日中开放，丢掉了自己的一切所有。在永生的冬雾里，它将不再含苞。”

“呵，不，我的朋友，你的话语太隐晦了，我不懂得。”

28

你的疑问的眼光是含愁的。它要追探了解我的意思，好像月亮探测大海。

我已经把我生命的终始，全部暴露在你的眼前，没有任何隐秘和保留。因此你不认识我。

假如它是一块宝石，我就能把它碎成千百颗粒，穿成项链挂在你的颈上。

假如它是一朵花，圆圆小小香香的，我就能从枝上采来戴在你的发上。

但是它是一颗心，我的爱人。何处是它的边和底？

你不知道这个王国的边极，但你仍是这王国的女王。

假如它是片刻的欢娱，它将在喜笑中开花，你立刻就会看到、懂得了。

假如它是一阵痛苦，它将融化成晶莹眼泪，不着一字地反映出它最深的秘密。

但是它是爱，我的爱人。

它的欢乐和痛苦是无边的，它的需求和财富是无尽的。

它和你亲近得像你的生命一样，但是你永远不能完全了解它。

29

对我说吧，我爱！用言语告诉我你唱的是什么。

夜是深黑的，星星消失在云里，风在叶丛中叹息。

我将披散我的头发，我的青蓝的披风将像黑夜一样地紧裹着我。我将把我的头紧抱在胸前：在甜柔的寂寞中在你心头低诉。我将闭目静听。我不会看望你的脸。

等到你的话说完了，我们将沉默凝坐。只有丛树在黑暗中微语。

夜将发白。天光将晓。我们将望望彼此的眼睛，然后各走各的路。

对我说话吧，我爱！用言语告诉我你唱的是什么。

30

你是一朵夜云，在我梦幻中的天空浮泛。

我永远用爱恋的渴想来描画你。

你是我一个人的，我一个人的，我无尽的梦幻中的居住者！

你的双脚被我心切望的热光染得绯红，我的落日之歌的搜集者！

我的痛苦之酒使你的唇儿苦甜。

你是我一个人的，我一个人的，我寂寥的梦幻中的居住者！

我用热情的浓影染黑了你的眼睛；我的凝视深处的祟魂！

我捉住了你，缠住了你，我爱，在我音乐的罗网里。

你是我一个人的，我一个人的，我永生的梦幻中的居住者！

31

我的心，这只野鸟，在你的双眼中找到了天空。

它们是清晓的摇篮，它们是星辰的王国。

我的诗歌在它们的深处消失。

只让我在这天空中高飞，翱翔在静寂的无限空间里。

只让我冲破它的云层，在它的阳光中展翅吧。

32

告诉我，这一切是否都是真的。我的情人，告诉我，这是否真的。

当这一对眼睛闪出电光，你胸中的浓云发出风暴的回答。

我的唇儿，是真像觉醒的初恋的蓓蕾那样香甜么？

消失了的五月的回忆仍旧流连在我的肢体上么？

那大地，像一张琴，真因着我双足的踏触而颤成诗歌么？

那么当我来时，从夜的眼睛里真的落下露珠，晨光也真因为围绕我的身躯而感到喜悦么？

是真的么，是真的么，你的爱贯穿许多时代、许多世界来寻找我么？

当你最后找到了我，你天长地久的渴望，在我的温柔的话里，在我的眼睛嘴唇和飘扬的头发里，找到了完全的宁静么？

那么“无限”的神秘是真的写在我小小的额上么？

告诉我，我的情人，这一切是否都是真的。

33

我爱你，我的爱人。请饶恕我的爱。

像一只迷路的鸟，我被捉住了。

当我的心抖战的时候，它丢了围纱，变成赤裸。用怜悯遮住它吧。爱人，请饶恕我的爱。

如果你不能爱我，爱人，请饶恕我的痛苦。

不要远远地斜视我。

我将偷偷地回到我的角落里去，在黑暗中坐地。

我将用双手掩起我赤裸的羞惭。

回过脸去吧，我的爱人，请饶恕我的痛苦。

如果你爱我，爱人，请饶恕我的欢乐。

当我的心被快乐的洪水卷走的时候，不要笑我的汹涌的退却。

当我坐在宝座上，用我暴虐的爱来统治你的时候，当我像女神一样向你施恩的时候，饶恕我的骄傲吧，爱人，也饶恕我的欢乐。

34

不要不辞而别，我爱。

我看望了一夜，现在我脸上睡意重重。

只恐我在睡中把你丢失了。

不要不辞而别，我爱。

我惊起伸出双手去摸触你，我问自己说：

“这是一个梦么？”

但愿我能用我的心系住你的双足，紧抱在胸前！

不要不辞而别，我爱。

35

只恐我太容易地认得你，你对我耍花招。

你用欢笑的闪光使我目盲来掩盖你的眼泪。

我知道，我知道你的妙计。

你从来不说出你所要说的话。

只恐我不珍爱你，你千方百计地闪避我。

只恐我把你和大家混在一起，你独自站在一边。

我知道，我知道你的妙计，

你从来不走你所要走的路。

你的要求比别人都多，因此你才静默。

你用嬉笑的无心来回避我的赠与。

我知道，我知道你的妙计，

你从来不肯接受你想接受的东西。

36

他低声说："我爱，抬起眼睛吧。"

我严厉地责骂他说："走！"但是他不动。

他站在我面前拉住我的双手。我说："躲开我！"但是他没有走。

他把脸靠近我的耳边。我瞪他一眼说："不要脸！"但是他没有动。

他的嘴唇触到我的腮颊。我震颤了，说："你太大胆了！"

但是他不怕丑。

他把一朵花插在我发上。我说："这也没有用处！"但是他站着不动。

他取下我颈上的花环就走开了。我哭了，问我的心说：

"他为什么不回来呢？"

37

"你愿意把你的鲜花的花环挂在我的颈上么，佳人？"

"但是你要晓得，我编的那个花环，是为大家的，为那些偶然瞥见的人，住在未开发的大地上的人，住在诗人歌曲里的人。"

现在来请求我的心作为答赠已经太晚了。

曾有一个时候，我的生命像一朵蓓蕾，它所有的芬芳都储藏在花心里。

现在它已远远地喷溢四散。

谁晓得什么魅力，可以把它们收集关闭起来呢？

我的心不容我只给一个人，它是要给与许多人的。

38

我爱，从前有一天，你的诗人把一首伟大史诗投进他心里。

呵，我不小心，它打到你的叮当的脚镯上而引起悲愁。

它裂成诗歌的碎片散洒在你的脚边。

我满载的一切古代战争的货物，都被笑浪所颠簸，被眼泪浸透而下沉。

你必须使这损失成为我的收获，我爱。

如果我的死后不朽的荣名的希望都破灭了，那就在生前使我不朽吧。

我将不为这损失伤心，也不责怪你。

39

整个早晨我想编一个花环，但是花儿滑掉了。

你坐在一旁偷偷地从侦伺的眼角看着我。

问这一对沉黑的恶作剧的眼睛，这是谁的错。

我想唱一支歌，但是唱不出来。

一个暗笑在你唇上颤动；你问它我失败的缘由。

让你微笑的唇儿发一个誓，说我的歌声怎样地消失在沉默里，像一只在荷花里沉醉的蜜蜂。

夜晚了，是花瓣合起的时候了。

容许我坐在你的旁边，容许我的唇儿做那在沉默中、在星辰的微光中能做的工作吧。

40

一个怀疑的微笑在你眼中闪烁，当我来向你告别的时候。

我这样做的次数太多了，你想我很快又会回来。

告诉你实话，我自己心里也有同样的怀疑。

因为春天年年回来；满月道过别又来访问，花儿每年回来在枝上红晕着脸，很可能我向你告别只为的要再回到你的身边。

但是把这幻象保留一会吧，不要冷酷粗率地把它赶走。

当我说我要永远离开你的时候，就当作真话来接受它，让泪雾暂时加深你眼边的黑影。

当我再来的时候，随便你怎样地狡笑吧。

41

我想对你说出我要说的最深的话语，我不敢，我怕你哂笑。

因此我嘲笑自己，把我的秘密在玩笑中打碎。

我把我的痛苦说得轻松，因为怕你会这样做。

我想对你说出我要说的最真的话语，我不敢，我怕你不信。

因此我弄真成假，说出和我的真心相反的话。

我把我的痛苦说得可笑，因为我怕你会这样做。

我想用最宝贵的名词来形容你，我不敢，我怕得不到相当的酬报。

因此我给你安上苛刻的名字，而夸示我的硬骨。

我伤害你，因为怕你永远不知道我的痛苦。

我渴望静默地坐在你的身旁，我不敢，怕我的心会跳到我的唇上。

因此我轻松地说东道西，把我的心藏在语言的后面。

我粗暴地对待我的痛苦，因为我怕你会这样做。

我渴望从你身边走开，我不敢，怕你看出我的懦怯。

因此我随随便便地昂着走到你的面前。

从你眼里频频掷来的刺激，使我的痛苦永远新鲜。

42

呵，疯狂的、头号的醉汉；

如果你踢开门户在大众面前装疯；

如果你在一夜倒空囊橐，对慎重轻蔑地弹着指头；

如果你走着奇怪的道路，和无益的东西游戏；

不理会韵律和理性；

如果你在风暴前扯起船帆，你把船舵折成两半，

那么我就要跟随你，伙伴，喝得烂醉走向堕落灭亡。

我在稳重聪明的街坊中间虚度了日日夜夜。

过多的知识使我白了头发，过多的观察使我眼力模糊。

多年来我积攒了许多零碎的东西；

把这些东西摔碎，在上面跳舞，把它们散掷到风中去吧。

因为我知道喝得烂醉而堕落灭亡，是最高的智慧。

让一切歪曲的顾虑消亡吧，让我无望地迷失了路途。

让一阵旋风吹来，把我连船锚一齐卷走。

世界上住着高尚的人，劳动的人，有用又聪明。

有的人很从容地走在前头，有的人庄重地走在后面。

让他们快乐繁荣吧，让我傻呆地无用吧。

因为我知道喝得烂醉而堕落灭亡，是一切工作的结局。

我此刻誓将一切的要求，让给正人君子。

我抛弃我学识的自豪和是非的判断。

我打碎记忆的瓶壶，挥洒最后的眼泪。

以红果酒的泡沫来洗澡，使我欢笑发出光辉。

我暂且撕裂温恭和认真的标志。

我将发誓做一个无用的人，喝得烂醉而堕落灭亡下去。

43

不，我的朋友，我永不会做一个苦行者，随便你怎么说。

我将永不做一个苦行者，假如她不和我一同受戒。

这是我坚定的决心，如果我找不到一个荫凉的住处和一个忏悔的伴侣，我将永远不会变成一个苦行者。

不，我的朋友，我将永不离开我的炉火与家庭，去退隐到深林里面；

如果在林荫中没有欢笑的回响；如果没有郁金色的衣裙在风中飘扬；

如果它的幽静不因有轻柔的微语而加深。

我将永不会做一个苦行者。

44

尊敬的长者，饶恕这一对罪人吧。

今天春风猖狂地吹起旋舞，把尘土和枯叶都扫走了，你的功课也随着一起丢掉了。

师父，不要说生命是虚空的。

因为我们和死亡订下一次和约，在一段温馨的时间中，我俩变成不朽。

即使是国王的军队凶猛地前来追捕，我们将忧愁地摇头说，弟兄们，你们扰乱了我们了。如果你们必须做这个吵闹的游戏，到别处去敲击你们的武器吧。因为我们刚在这片刻飞逝的时光中变成不朽。

如果亲切的人们来把我们围起，我们将恭敬地向他们鞠躬说，这个荣幸使我们惭愧。在我们居住的无限天空之中，没有多少隙地。因为在春天繁花盛开，蜜蜂的忙碌的翅翼也彼此摩挤。只住着我们两个仙人的小天堂，是狭小得太可笑了。

45

对那些定要离开的客人们，求神帮他们快走，并且扫掉他们所有的足迹。

把舒服的、单纯的、亲近的微笑着一起抱在你的怀里。

今天是幻影的节日，他们不知道自己的死期。

让你的笑声只作为无意义的欢乐，像浪花上的闪光。

让你的生命像露珠在叶尖一样，在时间的边缘上轻轻跳舞。

在你的琴弦上弹出无定的暂时的音调吧。

46

你离开我自己走了。

我想我将为你忧伤，还将用金色的诗歌铸成你孤寂的形象，供养在我的心里。

但是，我的运气多坏，时间是短促的。

青春一年一年地消逝；春日是暂时的；柔弱的花朵无意义地凋谢，聪明人警告我说，生命只是一颗荷叶上的露珠。

我可以不管这些，只凝望着背弃我的那个人么？

这会是无益的，愚蠢的，因为时间是太短暂了。

那么，来吧，我的雨夜的脚步声；微笑吧，我的金色的秋天；来吧，无虑无忧的四月，散掷着你的亲吻。

你来吧，还有你，也有你！

我的情人们，你知道我们都是凡人。为一个取回她的心的人而心碎，是件聪明的事情么？因为时间是短暂的。

坐在屋角凝思，把我的世界中的你们都写在韵律里，是甜柔的。

把自己的忧伤抱紧，决不受人安慰，是英勇的。

但是一个新的面庞，在我门外偷窥，抬起眼来看我的眼睛。

我只能拭去眼泪，更改我歌曲的腔调。

因为时间是短暂的。

47

如果你要这样，我就停了歌唱。

如果它使你心震颤，我就把眼光从你脸上挪开。

如果使你在行走时忽然惊跃，我就躲开另走别路。

如果在你编串花环时，使你烦乱，我就避开你寂寞的花园。

如果我使水花飞溅，我就不在你的河边划船。

48

把我从你甜柔的枷束中放出来吧，我爱，不要再斟上亲吻的酒。

香烟的浓雾窒塞了我的心。

开起门来，让晨光进入吧！

我消失在你里面，包缠在你爱抚的折痕之中。

把我从你的诱惑中放出来吧，把男子气概交还我，好让我把得到自由的心贡献给你。

49

我握住她的手把她抱紧在胸前。

我想以她的爱娇来填满我的怀抱，用亲吻来偷劫她的甜笑，用我的眼睛来吸饮她的深黑的一瞥。

呵，但是，它在哪里呢？谁能从天空滤出蔚蓝呢？

我想去把握美；它躲开我，只有躯体留在我的手里。

失望而困乏地，我回来了。

躯体哪能触到那只有精神才能触到的花朵呢？

50

爱，我的心日夜想望和你相见——那像吞灭一切的死亡一样的会见。

像一阵风暴把我卷走；把我的一切都拿去；劈开我的睡眠抢走我的梦。

剥夺了我的世界。

在这毁灭里，在精神的全部赤露里，让我们在美中合一吧。

我的空想是可怜的！除了在你里面，哪有这合一的希望呢，我的神？

51

那么唱完最后一支歌就让我们走吧。

当这夜过完就把这夜完掉。

我想把谁紧抱在臂里呢？梦是永不会被捉住的。

我渴望的双手把“空虚”紧压在我心上，压碎了我的胸膛。

52

灯为什么熄了呢？

我用斗篷遮住它怕它被风吹灭，因此灯熄了。

花为什么谢了呢？

我的热恋的爱把它紧压在我的心上，因此花谢了。

泉为什么干了呢？

我盖起一道堤把它拦起给我使用，因此泉干了。

琴弦为什么断了呢？

我强弹一个它力不能胜的音节，因此琴弦断了。

53

为什么盯着我使我羞愧呢？

我不是来求乞的。

只为要消磨时光，我才来站在你院边的篱外。

为什么盯着我使我羞愧呢？

我没有从你园里采走一朵玫瑰，没有摘下一颗果子。

我谦卑地在任何生客都可站立的路边棚下，找个荫蔽。

我没有采走一朵玫瑰。

是的，我的脚疲乏了，骤雨又落了下来。

风在摇曳的竹林中呼叫。

云阵像败退似的跑过天空。

我的脚疲乏了。

我不知道你怎样看待我，或是你在门口等什么人。

闪电昏眩了你看望的目光。

我怎能知道你会看到站在黑暗中的我呢？

我不知道你怎样看待我。

白日过尽，雨势暂停。

我离开你园畔的树荫和草地上的座位。

日光已暗；关上你的门户吧；我走我的路。

白日过尽了。

54

市集已过，你在夜晚急急地提着篮子要到哪里去呢？

他们都挑着担子回家去了；月亮从村树隙中下窥。

唤船的回声从深黑的水上传到远处野鸭睡眠的泽沼。

在市集已过的时候，你提着篮子急忙地要到哪里去呢？

睡眠把她的手指按在大地的双眼上。

鸦巢已静，竹叶的微语也已沉默。

劳动的人们从田间归来，把席子展铺在院子里。

在市集已过的时候，你提着篮子急忙地要到哪里去呢？

55

正午的时候你走了。

烈日当空。

当你走的时候，我已做完了工作，坐在凉台上。

不定的风吹来，含带着许多远野的香气。

鸽子在树荫中不停地叫唤，一只蜜蜂在我屋里飞着，嗡出许多远野的消息。

村庄在午热中入睡了。路上无人。

树叶的声音时起时息。

我凝望天空，把一个我知道的人的名字织在蔚蓝里，当村庄在午热中入睡的时候。

我忘记把头发编起。困倦的风在我颊上和它嬉戏。

河水在荫岸下平静地流着。

懒散的白云动也不动。

我忘了编起我的头发。

正午的时候你走了。

路上尘土灼热，田野在喘息。

鸽子在密叶中呼唤。

我独坐在凉台上，当你走的时候。

56

我是妇女中为平庸的日常家务而忙碌的一个。

你为什么把我挑选出来，把我从日常生活的凉荫中带出来?

没有表现出来的爱是神圣的。它像宝石般在隐藏的心的朦胧里放光。在奇异的日光中，它显得可怜地晦暗。

呵，你打碎我心的盖子，把我颤栗的爱情拖到空旷的地方，把那阴暗的藏我心巢的一角永远破坏了。

别的女人和从前一样。

没有一个人窥探到自己的最深处，她们不知道自己的秘密。

她们轻快地微笑，哭泣，谈话，工作。她们每天到庙里去，点上她们的灯，还到河中取水。

我希望能从无遮拦的颤羞中把我的爱情救出，但是你掉头不顾。

是的，你的前途是远大的，但是你把我的归路切断了，让我在世界的无睫毛的眼睛日夜瞪视之下赤裸着。

57

我采了你的花，呵，世界！

我把它压在胸前，花刺伤了我。

日光渐暗，我发现花儿凋谢了，痛苦却存留着。

许多有香有色的花又将来到你这里，呵，世界！

但是我采花的时代过去了，黑夜悠悠，我没有了玫瑰，只有痛苦存留着。

58

有一天早晨，一个盲女来献给我一串盖在荷叶下的花环。

我把它挂在颈上，泪水涌上我的眼睛。

我吻了它，说：“你和花朵一样的盲目。”

“你自己不知道你的礼物是多么美丽。”

59

呵，女人，你不但是神的，而且是人的手工艺品；他们永远从心里用美来打扮你。

诗人用比喻的金线替你织网，画家们给你的身形以永新的不朽。

海献上珍珠，矿献上金子，夏日的花园献上花朵来装扮你，覆盖你，使你更加美妙。

人类心中的愿望，在你的青春上洒上光荣。

你一半是女人，一半是梦。

60

在生命奔腾怒吼的中流，呵，石头雕成的“美”，你冷静无言，独自超绝地站立着。

“伟大的时间”依恋地坐在你脚边低语说：

“说话吧，对我说话吧，我爱，说话吧，我的新娘！”

但是你的话被石头关住了，呵，“不动的美”！

61

安静吧，我的心，让别离的时间甜柔吧。

让它不是个死亡，而是圆满。

让爱恋融入记忆，痛苦融入诗歌吧。

让穿越天空的飞翔在巢上敛翼中终止。

让你双手的最后的接触，像夜中的花朵一样温柔。

站住一会吧，呵，“美丽的结局”，用沉默说出最后的话语吧。

我向你鞠躬，举起我的灯来照亮你的归途。

62

在梦境的朦胧小路上，我去寻找我前生的爱。

她的房子是在冷静的街尾。

在晚风中，她爱养的孔雀在架上昏睡，鸽子在自己的角落里沉默着。

她把灯放在门边，站在我面前。

她抬起一双大眼望着我的脸，无言地问道：“你好么，我的朋友？”

我想回答，但是我们的语言迷失而又忘却了。

我想来想去，怎么也想不起我们叫什么名字。

眼泪在她眼中闪光，她向我伸出右手。我握住她的手静默地站着。

我们的灯在晚风中颤摇着熄灭了。

63

行路人，你必须走么？

夜是静寂的，黑暗在树林上昏睡。

我们的凉台上灯火辉煌，繁花鲜美，青春的眼睛还清醒着。

你离开的时间到了么？

行路人，你必须走么？

我们不曾用恳求的手臂来抱住你的双足。

你的门开着。你的立在门外的马，也已上了鞍鞯。

如果我们想拦住你的去路，也只是用我们的歌曲。

如果我们曾想挽留你，也只用我们的眼睛。

行路人，我们没有希望留住你，我们只有眼泪。

在你眼里发光的是什么样的不灭之火？

在你血管中奔流的是什么样的不宁的热力？

从黑暗中有什么召唤在引动你？

你从天上的星星中，念到什么可怕的咒语，就是黑夜沉默而异样地走进你心中时带来的那个密封的秘密的消息？

如果你不喜欢那热闹的集会，如果你需要安静，困乏的心呵，我们就吹灭灯火，停止琴声。

我们将在风叶声中静坐在黑暗里，倦乏的月亮将在你窗上洒上苍白的光辉。

呵，行路上，是什么不眠的精灵从中夜的心中和你接触了呢？

64

我在大路灼热的尘土上消磨了一天。

现在，在晚凉中我敲着一座小庙的门。这庙已经荒废倒塌了。

一棵愁苦的菩提树，从破墙的裂缝里伸展出饥饿的爪根。

从前曾有过路人到这里来洗疲乏的脚。

他们在新月的微光中在院里摊开席子，坐着谈论异地的风光。

早起他们精神恢复了，鸟声使他们欢悦，友爱的花儿在道边向他们点首。

但是当我来的时候没有灯在等待我。

只有残留的灯烟熏的黑迹，像盲人的眼睛，从墙上瞪视着我。

萤虫在涸池边的草里闪烁，竹影在荒芜的小径上摇曳。

我在一天之末做了没有主人的客人。

在我面前的是漫漫的长夜，我疲倦了。

65

又是你呼唤我么？

夜来到了，困乏像爱的恳求用双臂围抱住我。

你叫我了么？

我已把整天的工夫给了你，残忍的主妇，你还定要掠夺我的夜晚么？

万事都有个终结，黑暗的静寂是个人独有的。

你的声音定要穿透黑暗来刺击我么？

难道你门前的夜晚没有音乐和睡眠么？

难道那翅翼不响的星辰，从来不攀登你的不仁之塔的上空么？

难道你园中的花朵，永不在绵软的死亡中堕地么？

你定要叫我么，你这不安静的人？

那就让爱的愁眼，徒然地因着盼望而流泪。

让灯盏在空屋里点着。

让渡船载那些困乏的工人回家。

我把梦想丢下，来奔赴我的召唤。

66

一个流浪的疯子在寻找点金石。他褐黄的头发乱蓬蓬地蒙着尘土，身体瘦得像个影子。他双唇紧闭，就像他的紧闭的心门。他的烧红的眼睛就像萤火虫的灯亮在寻找他的爱侣。

无边的海在他面前怒吼。

喧哗的波浪，在不停地谈论那隐藏的珠宝，嘲笑那不懂得它们的意思的愚人。

也许现在他不再有希望了，但是他不肯休息，因为寻求变成他的生命——

就像海洋永远向天伸臂要求不可得到的东西——

就像星辰绕着圈走，却要寻找一个永不能到达的目标——

在那寂寞的海边，那头发垢乱的疯子，也仍旧徘徊着寻找点金石。

有一天，一个村童走上来问："告诉我，你腰上的那条金链是从哪里来的呢？"

疯子吓了一跳——那条本来是铁的链子真的变成金的了；这不是一场梦，但是他不知道是什么时候变成的。

他狂乱地敲着自己的前额——什么时候，呵，什么时候在他的不知不觉之中得到成功了呢？

拾起小石去碰碰那条链子，然后不看看变化与否，又把它扔掉，这已成了习惯；就是这样，这疯子找到了又失掉了那块点金石。

太阳西沉，天空灿金。

疯子沿着自己的脚印走回，去寻找他失去的珍宝。他气力尽消，身体弯曲，他的心像连根拔起的树一样，萎垂在尘土里了。

67

虽然夜晚缓步走来，让一切歌声停歇；

虽然我的伙伴都去休息而你也倦乏了；

虽然恐怖在黑暗中弥漫，天空的险也被面纱遮起；

但是，鸟儿，我的鸟儿，听我的话，不要垂翅吧。

这不是林中树叶的阴影，这是大海涨溢，像一条深黑的龙蛇。

这不是盛开的茉莉花的跳舞，这是闪光的水沫。

呵，何处是阳光下的绿岸，何处是你的窝巢？

鸟儿，呵，我的鸟儿，听我的话，不要垂翅吧。

长夜躺在你的路边，黎明在朦胧的山后睡眠。

星辰屏息地数着时间，柔弱的月儿在夜中浮泛。

鸟儿，呵，我的鸟儿，听我的话，不要垂翅吧。

对于你，这里没有希望，没有恐怖。

这里没有消息，没有低语，没有呼唤。

这里没有家，没有休息的床。

这里只有你自己的一双翅翼和无路的天空。

鸟儿，呵，我的鸟儿，听我的话，不要垂翅吧。

68

没有人永远活着，兄弟，没有东西可以经久。把这紧记在心及时行乐吧。

我们的生命不是那个旧的负担，我们的道路不是那条长的旅程。

一个单独的诗人，不必去唱一支旧歌。

花儿萎谢；但是戴花的人不必永远悲伤。

弟兄，把这个紧记在心及时行乐吧。

必须有一段完全的停歇，好把“圆满”编进音乐。

生命向它的黄昏下落，为了沉浸于金影之中。

必须从游戏中把“爱”招回，去饮忧伤之酒，再去生于泪天。

弟兄，把这紧记在心及时行乐吧。

我们忙去采花，怕被过路的风偷走。

去夺取稍纵即逝的接吻，使我们血液奔流双目发光。

我们的生命是热切的，愿望是强烈的，因为时间在敲着离别之钟。

弟兄，把这紧记在心及时行乐吧。

我们没有时间去把握一件事物，揉碎它又把它丢在地上。

时间急速地走过，把梦幻藏在裙底。

我们的生命是短促的，只有几天恋爱的工夫。

若是为工作和劳役，生命就变得无尽的漫长。

弟兄，把这紧记在心及时行乐吧。

美对我们是甜柔的，因为她和我们生命的快速调子应节舞蹈。

知识对我们是宝贵的，因为我们永不会有时间去完成它。

一切都在永生的天上做完。但是大地的幻象的花朵，却被死亡保持得永远新鲜。

弟兄，把这紧记在心及时行乐吧。

69

我要追逐金鹿。

你也许会讪笑，我的朋友，但是我追求那逃避我的幻象。

我翻山越谷，我游遍许多无名的土地，因为我要追逐金鹿。

你到市场采买，满载着回家，但不知从何时何地一阵无家之风吹到我身上。

我心中无牵无挂；我把一切所有都撇在后面。

我翻山越谷，我游遍许多无名的土地——因为我在追逐金鹿。

70

我记得在童年时代，有一天我在水沟里漂一只纸船。

那是七月的一个阴湿的天，我独自快乐地嬉戏。

我在沟里漂一只纸船。

忽然间阴云密布，狂风怒号，大雨倾注。

浑水像小河般流溢，把我的船冲没了。

我心里难过地想：这风暴是故意来破坏我的快乐的，它的一切恶意都是对着我的。

今天，七月的阴天是漫长的，我在默忆我生命中以我为失败者的一切游戏。

我抱怨命运，因为它屡次戏弄了我，当我忽然忆起我的沉在沟里的纸船的时候。

71

白日未尽，河岸上的市集未散。

我只恐我的时间浪掷了，我的最后一文钱也丢掉了。

但是，没有，我的兄弟，我还有些剩余。命运并没有把我的一切都骗走。

买卖做完了。

两边的手续费都收过了，该是我回家的时候了。

但是，看门的，你要你的辛苦钱么?

别怕，我还有点剩余。命运并没有把我的一切都骗走。

风声宣布着风暴的威胁，西方低垂的云影预报着恶兆。

静默的河水在等候着狂风。

我怕被黑夜赶上，急忙过河。

呵，船夫，你要收费!

是的，兄弟，我还有些剩余。命运并没有把我的一切都骗走。

路边树下坐着一个乞丐。可怜呵，他含着羞怯的希望看着我的脸!

他以为我富足地携带着一天的利润。

是的，兄弟，我还有点剩余。命运并没有把我的一切都骗走。

夜色愈深，路上静寂。萤火在草间闪烁。

谁以悄悄的蹑步在跟着我?

呵，我知道，你想掠夺我的一切获得。我必不使你失望!

因为我还有些剩余。命运并没有把我的一切都骗走。

夜半到家。我两手空空。

你带着切望的眼睛，在门前等我，无眠而静默。

像一只羞怯的鸟，你满怀热爱地飞到我胸前。

叹，哎，我的神，我还有许多剩余。命运并没有把我的一切都骗走。

72

用了几天的苦工，我盖起一座庙宇。这庙里没有门窗，墙壁是用层石厚厚地垒起的。

我忘掉一切，我躲避大千世界，我神注目夺地凝视着我安放在龛里的偶像。

里面永远是黑夜，以香油的灯盏来照明。

不断的香烟，把我的心缭绕在沉重的螺旋里。

我彻夜不眠，用扭曲混乱的线条在墙上刻画出一些奇异的图形——生翼的马，人面的花。四肢像蛇的女人。

我不在任何地方留下一线之路，使鸟的歌声，叶的细语，或村镇的喧嚣得以进入。

在沉黑的仰顶上，唯一的声音是我礼赞的回响。

我的心思变得强烈而镇定，像一个尖尖的火焰。我的感官在狂欢中昏晕。

我不知时间如何度过，直到巨雷震劈了这座庙宇，一阵剧痛刺穿我的心。

灯火显得苍白而羞愧；墙上的刻画像是被锁住的梦，无意义地瞪视着，仿佛要躲藏起来。

我看着龛上的偶像，我看见它微笑了，和神的活生生的接触，它活了起来。被我囚禁的黑夜，展起翅来飞逝了。

73

无量的财富不是你的，我的耐心的微黑的尘土母亲。

你操劳着来填满你孩子们的嘴，但是粮食是很少的。

你给我们的欢乐礼物，永远不是完全的。

你给你孩子们做的玩具，是不牢的。

你不能满足我们的一切渴望，但是我能为此就背弃你么？

你的含着痛苦阴影的微笑，对我的眼睛是甜柔的。

你的永不满足的爱，对我的心是亲切的。

从你的胸乳里，你是以生命而不是以不朽来哺育我们，因此你的眼睛永远是警醒的。

你累年积代地用颜色和诗歌来工作，但是你的天堂还没有盖起，仅有天堂的愁苦的意味。

你的美的创造上蒙着泪雾。

我将把我的诗歌倾注入你无言的心里，把我的爱倾注入你的爱中。

我将用劳动来礼拜你。

我看见过你的温慈的面庞，我爱你的悲哀的尘土，大地母亲。

74

在世界的谒见堂里，一根朴素的草叶，和阳光与夜半的星辰坐在同一条毡褥上。

我的诗歌，也这样地和云彩与森林的音乐，在世界的心中平分席次。

但是，你这富有的人，你的财富，在太阳的喜悦的金光和沉思的月亮的柔光这种单纯的光彩里，却占不了一份。

包罗万象的天空的祝福，没有洒在它的上面。

等到死亡出现的时候，它就苍白枯萎，碎成尘土了。

75

夜半，那个自称的苦行人宣告说：

“弃家求神的时候到了。呵，谁把我牵住在妄想里这么久呢？”

神低声道：“是我。”但是这个人的耳朵是塞住的。

他的妻子和吃奶的孩子一同躺着，安静地睡在床的那边。

这个人说：“什么人把我骗了这么久呢？”

声音又说：“是神。”但是他听不见。

婴儿在梦中哭了，挨向他的母亲。

神命令说：“别走，傻子，不要离开你的家。”但是他还是听不见。

神叹息又委屈地说：“为什么我的仆人要把我丢下，而到处去找我呢？”

76

庙前的集会正在进行。从一早起就下雨，这一天快过尽了。

比一切群众的欢乐还光辉的，是一个花一文钱买到一个棕叶哨子的小女孩的光辉的微笑。

哨子的尖脆欢乐的声音，在一切笑语喧哗之上飘浮。

无尽的人流挤在一起，路上泥泞，河水在涨，雨在不停地下着，田地都没在水里。

比一切群众的烦恼更深的，是一个小男孩的烦恼——他连买那根带颜色的小棍的一文钱都没有。

他苦闷的眼睛望着那间小店，使得这整个人类的集会变成可悲悯的。

77

西乡来的工人和他的妻子正忙着替砖窖挖土。

他们的小女儿到河边的渡头上；她无休无息地擦洗锅盘。

她的小弟弟，光着头，赤裸着黧黑的涂满泥土的身躯，跟着她，听她的话，在高高的河岸上耐心地等着她。

她顶着满瓶的水，平稳地走回家去，左手提着发亮的铜壶，右手拉着那个孩子——她是妈妈的小丫头，繁重的家务使她变得严肃了。

有一天我看见那赤裸的孩子伸着腿坐着，

他姐姐坐在水里，用一把土在转来转去地擦洗一把水壶。

一只毛茸茸的小羊，在河岸上吃草。

它走过这孩子身边，忽然大叫了一声，孩子吓得哭喊起来。

他姐姐放下水壶跑上岸来。

她一只手抱起弟弟，一只手抱起小羊，把她的爱抚分成两半，人类和动物的后代在慈爱的连结中合一了。

78
在五月天里，闷热的正午仿佛无尽的悠长。干地在灼热中渴得张着口。

当我听到河边有个声音叫道：“来吧，我的宝贝！”

我合上书开窗外视。

我看见一只皮毛上尽是泥土的大水牛，眼光沉着地站在河边；

一个小伙子站在没膝的水里，在叫它去洗澡。

我高兴而微笑了，我心里感到一阵甜柔的接触。

79
我常常思索，人和动物之间没有语言，他们心中互相认识的界线在哪里。

在远古创世的清晨，通过哪一条太初乐园的单纯的小径，他们的心曾彼此访问过。

他们的亲属关系早被忘却，他们不变的足印的符号并没有消灭。

可是忽然在些无言的音乐中，那模糊的记忆清醒起来，动物用温柔的信任注视着人的脸，人也用嬉笑的感情下望着它的眼睛。

好像两个朋友戴着面具相逢，在伪装下彼此模糊地互认着。

80

用一转的秋波，你能从诗人的琴弦上夺去一切诗歌的财富，美妙的女人！

但是你不愿听他们的赞扬，因此我来颂赞你。

你能使世界上最骄傲的头在你脚前俯伏。

但是你愿意崇拜的是你所爱的没有名望的人们，因此我崇拜你。

你的完美的双臂的接触，能在帝王荣光上加上光荣。

但你却用你的手臂去扫除尘土，使你微贱的家庭整洁，因此我心中充满了钦敬。

81

你为什么这样低声地对我耳语，呵，“死亡”，我的“死亡”？

当花儿晚谢，牛儿归棚，你偷偷地走到我身边，说出我不了解的话语。

难道你必须用昏沉的微语和冰冷的接吻来向我求爱，来赢得我心么，呵，“死亡”，我的“死亡”？

我们的婚礼不会有铺张的仪式么？

在你褐黄的卷发上不系上花串么？

在你前面没有举旗的人么？你也没有通红的火炬，使黑夜像着火一样的明亮么，呵，“死亡”，我的“死亡”？

你吹着法螺来吧，在无眠之夜来吧。

给我穿上红衣，紧握我的手把我娶走吧。

让你的驾着急躁嘶叫的马的车辇，准备好等在我门前吧。

揭开我的面纱骄傲地看我的脸吧，呵，“死亡”，我的“死亡”。

82

我们今夜要做“死亡”的游戏，我的新娘和我。

夜是深黑的，空中的云霾是翻腾的，波涛在海里咆哮。

我们离开梦的床榻，推门出去，我的新娘和我。

我们坐在秋千上，狂风从后面猛烈地推送我们。

我的新娘吓得又惊又喜，她颤抖着紧靠在我的胸前。

许多日子我温存服侍她。

我替她铺一个花床，我关上门不让强烈的光射在她眼上。

我轻轻地吻她的嘴唇，软软地在她耳边低语，直到她困倦得半入昏睡。

她消失在模糊的无边甜柔的云雾之中。

我摩抚她，她没有反应；我的歌唱也不能把她唤醒。

今夜，风暴的召唤从旷野来到。

我的新娘颤抖着站起，她牵着我的手走了出来。

她的头发在风中飞扬，她的面纱飘动，她的花环在胸前悉悉作响。

死亡的推送把她摇晃活了。

我们面面相看，心心相印，我的新娘和我。

83

她住在玉米地边的山畔，靠近那股嬉笑着流经古树的庄严的阴影的清泉。女人们提罐到这里装水，过客们在这里谈话休息。她每天随着潺潺的泉韵工作幻想。

有一天，一个陌生人从云中的山上下来；她的头发像醉蛇一样的纷乱。我们惊奇地问："你是谁？"他不回答，只坐在喧闹的水边，沉默地望着她的茅屋。我们吓得心跳。到了夜里，我们都回家去了。

第二天早晨，女人们到杉树下的泉边取水，她们发现她茅屋的门开着，但是，她的声音没有了，她微笑的脸哪里去了呢？

空罐立在地上，她屋角的灯，油尽火灭了。没有人晓得在黎明以前她跑到哪里去了——那个陌生人也不见了。

到了五月，阳光渐强，冰雪化尽，我们坐在泉边哭泣。我们心里想："她去的地方有泉水么，在这炎热焦渴的天气中，她能到哪里去取水呢？"我们惶恐地对问："在我们住的山外还有地方么？"

夏天的夜里，微风从南方吹来；我坐在她的空屋里，没有点上的灯仍在那里立着。忽然间那座山峰，像帘幕拉开一样从我眼前消失了。"呵，那是她来了。你好么，我的孩子？你快乐么？在无遮的天空下，你有个荫凉的地方么？可怜呵，我们的泉水不在这里供你解渴。"

"那边还是那个天空，"她说，"只是不受屏山的遮隔，——也还是那股流泉长成江河，——也还是那片土地伸广变成平原。""一切都有了，"我叹息说，"只有我们不在。"她含愁地笑着说："你们是在我的心里。"我醒起听见泉流潺潺，杉树的叶子在夜中沙沙地响着。

84

黄绿的稻田上掠过秋云的阴影，后面是狂追的太阳。

蜜蜂被光明所陶醉，忘了吸蜜，只痴呆地飞翔嗡唱。

河里岛上的鸭群，无缘无故地欢乐地吵闹。

我们都不回家吧，兄弟们，今天早晨我们都不去工作。

让我们以狂风暴雨之势占领青天，让我们飞奔着抢夺空间吧。

笑声飘浮在空气上，像洪水上的泡沫。

弟兄们，让我们把清晨浪费在无用的歌曲上面吧。

85

你是什么人，读者，百年后读着我的诗？

我不能从春天的财富里送你一朵花，天边的云彩里送你一片金影。

开起门来四望吧。

从你的群花盛开的园子里，采取百年前消逝了的花儿的芬芳记忆。

在你心的欢乐里，愿我感到一个春晨吟唱的活的欢乐，把它快乐的声音，传过一百年的时间。

爱人的馈赠

逝去的青春送来消息，它对我说：“在微笑成熟为泪花，时光为未出唇的歌声而痛苦的尚未降临人间的五月的震颤里，我在等着你。”

1

沙杰汗，你宁愿听任皇权消失，却希望使一滴爱的泪珠永存。

岁月无情，它毫不怜悯人的心灵，它嘲笑心灵因不肯忘却而徒劳挣扎。

沙杰汗，你用美诱惑它，使它着迷而被俘，你给无形的死神戴上了永不凋谢的形象的王冠。

静夜无声，你在情人耳边倾诉的悄悄私语已经镌刻在永恒沉默的白石上。

尽管帝国皇权已经化为齑粉，历史已经湮没无闻，而那白色的大理石却依然向满天的繁星叹息说："我记得！"

"我记得！"——然而生命却忘却了。因为生命必须奔赴永恒的征召，她轻装启程，把一切记忆留有孤独凄凉的美的形象里。

2

我爱，到我的花园里漫步吧。穿过扑来眼底的热情的繁花，不去管她们的殷勤。只为突发的欣喜像惊奇夕阳的灿丽，你且暂停一下脚步，然后飘然逸去。

爱的赠礼是羞怯的，它从不肯说出自己的名字；它轻快地掠过幽暗，沿途散下一阵喜悦的震颤。追上它抓住它，否则就永远失去了它。然而，能够紧握在手中的爱的赠礼，也不过是一朵娇弱的小花，或是一丝光焰摇曳不定的灯光。

3

我的果园中，果实累累，挤满枝头；它们在阳光下，因自己的丰满、蜜汁欲滴而烦恼着。

我的女王，请骄傲地走进我的果园，坐在树荫下，从枝头摘下熟透的果子，让它们尽量把它们甜蜜的负担卸在你的双唇上。

在我的果园中，蝴蝶在阳光中尽舞，树叶在轻轻摇动，果实喧闹着，它成熟了。

4

她贴近我的心，就像花草贴紧大地；她对我说来是如此甜蜜，犹如睡眠之子疲惫的肢体；我对她的爱就是我的整个生命的泛滥，似秋日上涨的河水，无声地纵情奔流；我的歌和我的爱是一体，就像溪流的潺潺涟漪，以它的波浪和水流歌唱。

5

如果我占有了天空和满天的繁星，如果我占有了世界和它无量的财富，我仍有更多的要求。但是，只要我有了她，即使在这个世界上我只有一块立锥之地，我也会心满意足。

6

诗人呵，春光明媚豪奢，你应当放歌赞美那些毫不流连的匆匆过客，那些欢笑着奔向前方从不回顾的人，那些像花朵般在恣情欢乐时怒放，转瞬即逝，终不悔恨的人。

请不要默默无言地坐下来，去数你过去的悲欢，——不要停下脚步，去拾起隔夜的鲜花上落下的花瓣；不要去苦苦求索你不理解的东西，去辨别它费解的寓意——不要试图去填满生命的空白，因为，音乐就来自那空白深处。

7

我已所剩无几，其余的都在整个无忧无虑的夏天漫不经心地挥霍掉了。现在，它只够谱一首短歌唱给你听；只够编一个小小的花环，轻轻拢上你的手腕；只够用一朵小花做一只耳环，像一粒圆润的粉红色的珍珠，一声羞赧的低语，悬垂在你的耳边；只够在黄昏树荫下，小小的赌赛中，孤注一掷，输个干净。

我的小船是简陋的，又容易破损，不能胜任在暴风雨中迎着惊涛骇浪前进。但是，只要你肯轻轻地踏上它，我愿缓缓划动双桨，载你沿着河岸航行；那里，深蓝的水面上微波荡漾，如同被梦幻揉皱的睡眠；那里，鸽子在低垂的枝头咕咕鸣唤，给正午的树荫笼上一层忧郁。日落人倦时，我将采一朵露滴晶莹的睡莲，簪上你的秀发，然后向你告别。

8

我的小船载满了人，装满了货，但是，我怎能回绝你呢？你孤身一个，只带了几束稻谷。你年轻，身材苗条又纤弱；飘忽的微笑在你的眼角闪烁，你的黑色长裙像雨天的乌云。船上当然有你的位置。

旅客将一路陆续登岸归去。你且在我的船头稍停片刻，待船儿靠岸时谁能将你留住？

你向何方去，又会到谁家贮藏你的稻谷？我不会向你发问。但是，黄昏时，当我落下风帆，泊下小船，我会坐下来惊奇地想：你向何方去，又会到谁家贮藏你的稻谷呢？

9

女人，你的篮子沉重，你的四肢疲乏。你要走多少路？又为寻求什么赢利在奔波？道路是漫长的，烈日下路上的尘土火一般灼热。

看哪，湖水深且满，像乌鸦的眼睛一般黑。湖岸倾斜，嫩草青青为它铺上柔软的地毯。

把你疲惫的双足浸在水中吧，这里午时的熏风会为你梳理飘散的长发；鸽子咕咕低唱着睡眠曲，绿叶窃窃私语，诉说着隐藏在绿荫中的秘密。

即使时光流逝，太阳西沉，又有什么关系呢？即使那横穿荒野的小路迷失在暮色苍茫里，又有什么关系呢？

不要害怕，前面盛开着凤仙花的篱边，就是我的家。我将领你到那里，为你铺好床，点亮一盏灯。明日清晨，鸟雀被挤奶姑娘惊起时我会将你唤醒。

10

那驱使蜜蜂——这些无形的踪迹的追随者——离开它们蜂房的是什么呀？它们急剧地扇动着的翅膀在传递什么消息呢？它们如何听到沉睡在花心的音乐呢？它们又怎样找到了羞怯无声地安眠在花房的蜜呢？

11

初夏，绿叶刚刚吐出嫩芽。夏天来到海边花园里。和煦的南风，轻柔地传来断续的懒洋洋的歌声。一天就这样结束了。

然而，让爱之花盛开的夏天来到海滨的花园里吧。让我的欢乐诞生，让它拍着手儿，和着汹涌澎湃的歌声翩翩起舞吧。让清晨甜蜜而又惊奇地睁大眼睛吧。

12

啊，春天！很久很久以前，你打开天国的南门，降临混沌初开的大地。人们冲出房屋，欢笑着，舞蹈着，喜极欲狂，互相抛掷着花粉。

岁岁年年，你都带着你第一次走出天堂时撒在路上的四月的鲜花来到人间。因此，你的花的浓郁芬芳里弥漫着如今已成梦境的岁月的声声叹息——那已消亡的世界的眷恋情深的哀思。你的轻风里满载着已从人类语言中消失的古老的爱的传奇。

有一天，你突然闯进我因初恋而焦急震颤的心灵，带来新的奇迹。从此，年复一年，那从未经历过的欢乐的甜柔的羞怯便藏在你柠檬花绿色的蓓蕾里；我心中难描难诉的柔情便留在默默无言，如燃烧的火焰似的红玫瑰中；我生命中最美好的一页——那热情奔放的五月的时光的深切怀念，便和着你年年新绿的嫩叶的沙沙声悄悄低语。

13

昨夜，在花园里，我向你献上青春洋溢的醇酒。你举起杯儿，放在唇边，合上双眼微笑着。我撩起你的面纱，拨散你的长发，将你那宁静而又洋溢着柔情蜜意的脸庞贴在我的胸膛上。昨夜，月光梦一般漫溢在安睡的大地。

今朝，晨露晶莹，黎明岑寂。你，刚刚沐浴归来，身着洁白的长袍，手提满篮的鲜花，向神庙走去。我伫立在通向神庙小路旁的树荫下，在静悄悄的黎明中低垂着头。

14

假如我今天烦躁不安。我爱，宽恕我吧。这是第一场夏雨，河边的树木在摇曳颤抖，花繁叶茂的迦澹波树举着醇香的酒杯，在劝诱过路的风。看呵，天空里道道电光闪烁着投下匆匆的视线，风儿正在你的秀发上狂跳嬉戏。

假如我今天太殷勤，我爱，请不要生气。迷蒙的雨幕掩住我们每日所见的景物，村子里一切劳动已经停止，牧场上杳无人迹。即将降临的雨儿在你的黑眼睛里发现它的音乐，七月在你的门旁等待着用它含苞的素馨簪上你的秀发。

15

村里人都叫她黑姑娘，可是在我心上，她却是一朵小花——一朵黑色的百合。我第一次见到她是在乌云挟着闪电滚滚而来的田野上。她的面纱拖在地面，乌黑的发辫松垂在肩前。也许她是个黑姑娘，正像村里人说的那样。但是，我只看到她那双小鹿般可爱的黑眼睛。

狂风呼啸，预示着暴雨即将来临。听到小花牛惊慌的哞哞低鸣，她快步跑出茅屋。抬起大眼睛仰望天空，倾听着隐隐的雷声。那时，我站在稻田边——只有姑娘心里明白（或许我也知道）她是否注意到我。她黑得那样可爱，就像炎热的夏季里带来阵雨的乌云，像密林里温柔的阴影，就像恼人的五月黑夜里渴望爱情的无言的秘密。

16

她曾经住在破损的石阶伸到水面的池塘边。多少个夜晚，她曾凝视过那因竹叶摇曳而变得使人眩晕的溶溶月色；多少个雨季，她嗅到从嫩秧田里飘来的湿润的泥土的清香。

椰枣树下，村庄的院落里，姑娘们谈笑着缝制冬装。她的名字总是被人们亲昵地提起。池水深处还保留着她手臂戏水的记忆，通往村中的小径上还印着她每天经过时潮湿的足迹。

今天，带着水罐来池塘汲水的村姑就曾和她天真地逗趣，看到过她的微笑，那赶着牛群去凫水的老人，也曾每天在她门首停下脚步，向她问候致意。

多少条帆船曾从村边驶过，多少位旅人曾在那榕树下休憩，渡船曾把多少人送到对岸的集市，但是从未有人留意这个地方，乡间小路边，靠近破损的石阶伸近水面的池塘，曾住着我心爱的姑娘。

17

很久很久以前，蜜蜂在夏日的花园中恋恋不舍地飞来飞去，月亮向着夜幕中的百合微笑，闪电倏地向云彩抛下它的亲吻，又大笑着跑开。诗人站在树林掩映、云霞缭绕的花园一隅，让他的心沉默着，像花一般恬静，像新月窥人似的注视他的梦境，像夏日的和风似的漫无目的地飘游。

四月的一个黄昏，月儿像一团雾气从落霞中升起。少女们在忙碌地浇花喂鹿，教孔雀翩翩起舞。蓦地，诗人放声歌唱：“听呀，倾听这世间的秘密吧！我知道百合为月亮的爱情而苍白憔悴；芙蓉为迎接初升的太阳而撩开了面纱，如果你想知道，原因很简单。蜜蜂向初绽的素馨低唱些什么，学者不理解，诗人却了解。”

太阳羞红了脸，下山了，月亮在树林里徘徊踟蹰，南风轻轻地告诉芙蓉：这诗人似乎不像他外表那样单纯呀！妙龄少女，英俊少年含笑相视，拍着手说：“世间的秘密已然泄露，让我们的秘密也随风飘去吧！”

18

假如你一定要倾心于我，你的生活就会充满忧虑。我的家在十字路口，房门洞开着，我心不在焉——因为我在歌唱。

假如你一定要倾心于我，我决不会用我的心来回报。倘若我的歌儿是爱的海誓山盟，请你原谅，当乐曲平息时，我的信证也不复存在，因为隆冬季节，谁会恪守五月的誓约？

假如你一定要倾心于我，请不要把它时刻记在心头。当你笑语盈盈，一双明眸闪着爱的欢乐，我的回答必然是狂热而轻率的，一点儿也不切合实际——你应把它铭记在心，然后再把它永远忘却。

19

经书中写道，人若年过半百，就应远离喧嚣的尘世，到森林中度隐居生活。然而，诗人却宣称：净修林只应属于年轻人。因为，那里是百花的故乡，是蜂儿鸟儿的家园；那里，幽僻的角落期待着情侣们的私语的震颤。月华亲吻着素馨花，倾诉着深情厚谊。只有远远未到五十的人才能领略其间的深意。

啊，风华少年，既缺乏经验，又固执任性！因此，他们正应隐居在密林，经受谈情说爱的严格训练，而让老人去管理世间营生。

20

我的歌呀，你的市场在哪里呢？是在那学者的鼻烟污染了夏日的清风，人们无休无止地争论着“是油依赖桶还是桶依赖油”的问题，连那陈旧泛黄的手稿也为那如此无聊地浪费转瞬即逝的生命而蹙起眉峰的地方吗？我的歌大声叫道：

呵，不，不，不是！

我的歌呀，你的市场在什么地方？大理石宫殿里住着越来越骄横肥胖的百万富翁，他的书架上堆满皮革装订、黄金描绘的书籍，奴仆们不时地拂去书上的灰尘，这从未被人翻阅过的书籍扉页上的题辞是献给那无名的神明。你的市场是在那里吗？我的歌猛吸一口气，说道：不，不，不是！

我的歌呀，你的市场在什么地方？青年学生坐在桌旁，头儿低垂在书本上，思想却在青春的梦境里漂游；散文在书桌上蹀躞，诗歌深深地埋藏在心里。灰尘铺满零乱的书斋，歌儿呵，你可愿在那里捉迷藏？我的歌踌躇着，没有开口。

我的歌呀，你的市场在什么地方？忙于操持家务的少妇，抽空儿快步跑进卧室，急匆匆从枕头上抽出一本爱情故事，那书儿被小宝贝撕破揉皱，书页散发着她头发上的香气。你的市场是在这个地方么？我的歌叹息着，欲言又止，打不定主意。

我的歌呀，你的市场在什么地方？鸟儿轻轻地啼啭，溪流明睿地欢歌，宇宙的琴弦把歌曲倾在一对恋人两颗颤动的心上，你的市场是在那里吗？我的歌放声高唱：是的，是的，是的！

21

一束花

我的花儿像乳汁一样洁白，蜂蜜一样香甜，美酒一样芳醇；我用金色的丝带将花儿扎成一束，但是它们逃避我小心的照拂，飞散了，只有丝带留着。

我的歌儿像乳汁一样清新，蜂蜜一样甜美，美酒一样令人陶醉；它们和我心的跳动同一韵律；但是它们——这闲暇时的宠儿，展开翅膀飞去了，只有我的心在孤寂中跳动着。

我所爱的美丽的姑娘像乳汁一样纯洁，蜂蜜一样甜蜜，美酒一样迷人；她的绛唇像清晨时开放的玫瑰，她的眼睛像蜂儿般漆黑。我屏住呼吸，生怕惊动了她；但是，她也像我的花儿和歌声一样离开了我，只有我的爱情留着。

22

假如来生我有幸投生为布林达森林里的牧童，我甘愿忍受失去书香门第的骄傲的一切痛苦。

牛群在草场吃草，牧童坐在大榕树下，悠闲地编织着红豆花环，他喜欢投入耶摩那清而深的河水中激起水花。

拂晓，小巷中家家响起搅奶器的嗡嗡声，他唤醒伙伴们去放牧；牛群扬起一阵尘雾，姑娘们来到院子里挤牛奶。

山竹果树下的阴影更浓了，河两岸的暮色苍茫；挤奶姑娘渡过波浪汹涌的河水时，吓得胆战心惊；一群孔雀展开光彩夺目的尾翎，在森林里起舞。而牧童正凝视夏日的云霞。

四月的夜晚像初绽的花朵一般甜蜜，牧童消失在森林中，头上斜插着一根孔雀翎毛。缀满鲜花的秋千绳紧紧拴在树枝上，南风在笛声中轻轻震颤，快活的牧童，结队来到蓝莹莹的河水边。

我的兄弟，我不愿意做孟加拉新时代的先驱，也不想为蒙昧的人民点亮文明的灯火；但愿我能投生在无忧树郁郁葱葱的密林里，投生在布林达的村庄中，那里姑娘们搅动牛奶做奶酪。

23

我爱这铺满沙砾的河岸，鸭群在寂静的水塘里呷呷嬉戏，乌龟在阳光下晒暖；夜幕四垂时，漂泊的渔船停泊在高高的水草丛里。

你爱那盖满绿茵的河岸，茂密的竹林郁郁葱葱，汲水的姑娘们沿着蜿蜒的小径迤逦而行。

同一条河在我们中间流淌，向它的两岸低唱着同一支歌。我独自躺在星光下的沙滩上，倾听着：晨光熹微中，你一人坐在河岸边，倾听着，只是河水对我唱了什么，你不知道；它倾诉给你的，对我也永远是个难解的谜。

24

你站在半开的窗牖前，面纱微微撩起，等待着货郎来卖手镯脚铃。你懒散地望着，笨重的牛车在尘土飞扬的土路上叽嘎叽嘎地滚动着车轮。远处的河面上，天水相接处，帆樯缓缓飘动。

世界对你，就好似老奶奶摇动纺车时低声吟唱的小曲，无意义无目的，又充满随心所欲的想象。

但是，有谁知道，也许就在这闷热倦人的正午，那个陌生人提着满篮奇特的货物，已经上路？他响亮地呼唤着路过你的门前时，你便会从依稀的梦中惊醒，将窗儿洞开，抛下面纱，走出房门，去迎接命运的安排。

25

我紧握你的双手，我的心跳进你那双黑眼睛的深潭里；我在寻找你，你沉默着不说话，永远躲避我的追求。

我明白我必须满足于这短促的爱情，因为我们不过是在路途中邂逅相逢。难道我有力量伴你走过这人群熙攘的尘世，领你走出这迷宫似的人生曲径？难道我能有充足的食物供你度过那树满死亡之门的阴暗的旅程？

26

如果你偶然想起了我，我便为你唱歌。雨后的黄昏把她的阴影洒在河面上，把她的暗淡的光缓缓拖向西方；斜晖脉脉，已不适于劳作或游戏。

你坐在向南的露台上，我在黑暗的房间里为你唱歌。暮色苍茫，从窗栊飘进湿润的绿叶的清香，预告雷雨将至的狂风在椰林中咆哮。

掌灯时分，我将离去。当你倾听着夜间的天籁，那时也许你能听到我的歌声，虽然我已不再唱歌。

27

我的盘中盛的是我所有的财产，我把它奉献给你。我不知道明天我该将什么供奉在你的足前？百花竞奇斗妍的夏日即将逝去，树儿将花朵凋谢的树枝举起，凝视着苍穹，我就像这株大树。

但是，过去我奉献给你的一切，那永存的泪水难道未曾使一朵小花四时不谢么？

在这夏日将逝之时，我站在你面前，两手空空，你愿记住我奉献给你的那朵小花，愿用你的青眼来酬谢我吗？

28

我梦见，她坐在我的床头，纤纤素手轻柔地抚弄我的头发，那爱抚像是在弹拨美妙的乐曲。我望着她的脸庞，双眸泪光闪闪，难言的隐痛将我惊醒。

我坐起来，望着窗外闪烁的星河，那寂静的星河隐藏着热情的火焰。不知此时此刻，她是否在做着相同的梦。

29

隔着树篱，我们的视线相遇了。我想，我有一些话要对她说，而她却走开了。我要对她讲的话，像一叶扁舟日日夜夜随时间的浪潮而颠簸起伏。我要对她讲的话，仿佛秋天的行云，无止无息地四处追寻，又仿佛变成了黄昏时盛开的花儿，在落霞间寻找它已失去的时光。我要对她讲的话，像萤火虫似的在我的心里熠熠闪光，在绝望的黄昏，探求它的深意。

30

春花怒放，就像我那未说出口的爱情的灼热的痛苦。花儿的芬芳，带来了往日的诗歌的回忆。我的心蓦地绽出希望的绿叶。我的爱人没有来，但我的四肢却感到了她的爱抚，穿过芳香的田野传来了她的声音。忧伤的天空的心底有她的凝视，但是，她的眼睛在哪里呢？熏风里飘飞着她的亲吻，但是，她的樱唇在哪里呢？

31

我的心上人呵，我似乎看见你，在万物即将醒来的清晨，站在一道带着快乐的幻梦的瀑布下，你的血管里满溢着它奔泻飞溅的水花。也许，你正在天国的花园里漫步，俏丽的素馨、百合、夹竹桃争鲜斗妍，缤纷的落英飘洒在你合抱的双臂中，落在你热情洋溢的心上。

你的欢笑像一支歌，但是，歌词却湮没在万物争鸣的合唱中，湮没在百花无形的销魂的芬芳中。你的欢笑像隐身在心中的明月，你的双唇像是窗口，月光从那里照射出来。我忘记了原由，也不想知道它，我只记得，你的欢笑就是炽热沸腾的生活。

32

多少回，春天轻轻叩我们的房门，而我正为工作忙碌，你也不去理睬它。今天，只剩下我独自一人，伤心肠断，意气消沉的时候，春天又来了，我不知道怎样把它从门口赶开。当春天想向我们献上欢乐的冠冕时，我们的大门却紧紧关闭着，但是，现在，当春天带来的是忧伤的礼品时，我却不得不让它畅行无阻地走进门来。

33

往日里，闹闹嚷嚷的春天曾一路欢笑着闯入我的生活，把玫瑰撒满大地，向晓的天空被无忧树嫩叶的热吻染作一片火红。今天呵，春天穿过幽寂的小径，沿着凄清郁悒的树荫，悄悄地潜入我独处的小屋，静静地坐在露台上，凝视着前面原野的绿色化为一片苍茫的暗淡的天际。

34

像低垂的雨云，告别的时候来到了。我仅仅来得及用颤巍巍的双手，在你的手腕上系上一条红色的丝带。如今，正是摩怙阿花盛开的季节，我独自坐在草地上，一遍又一遍地暗自思索："你腕上还系着那条红丝带吗？"

你沿着黄花照眼的亚麻田边的小路离去了。我看见，昨夜我为你编结的花环依然松松地垂在你的发上。为什么你不肯稍待片刻，让我在清晨采集鲜艳的花朵，作为最后献礼？我不知道，你头上那支松垂着的花环是否已在无意间跌落在小路上？

多少个黄昏和黎明，我为你歌唱；你离去时，低声吟唱的正是那最后的一支歌。你不肯多停片刻，听我为你再唱一支只是为你，永远为你谱写的新歌。我不知道，你在田野中穿行时低声吟唱的我的那支歌，是否终于使你厌倦了？

35

昨夜，乌云压顶，预兆着大雨倾盆；阵阵狂风，摇撼着奋力挣扎的橄榄树的枝条。我希望，在这暴风骤雨，孤寂凄清的夜晚，梦如肯降临，他应化作我心爱的人来到我的睡梦中。

风儿仍在呜咽着掠过田野，黎明苍白的脸颊挂满泪珠。我的梦也已落空，因为，现实是冷酷的，而梦也自有主张，独断独行。

昨夜，黑暗沉醉在狂风暴雨之中，雨像是夜的面幕，被狂风撕成碎片；在这星辰隐匿，暴雨喧嚣的夜晚，梦如化做我心爱的人来相会，现实是否会妒忌呢？

36

我的镣铐，你在我的心底谱写乐曲；我终日拨弄你，使你成了我增加光彩的装饰物。我们是亲密的朋友；你也曾使我畏惧，但畏惧之情使我更加爱你。你是我漫漫长夜中的伴侣，在我向你告别之前，容我向你顶礼，我的镣铐。

37

我的小船呵，你的舵几经损毁，帆也破成碎片，你常常漂向海洋，拖着铁锚，你并不在意。可是这一次，你的船身上已经展开了一道裂缝，你的货舱装载的货物又很沉重，现在是你结束航行的时候了，让轻轻拍岸的波浪摇你入睡吧。

啊，我知道一切规劝警诫都是徒劳的。蒙着面纱的神秘的毁灭命运在诱惑你。狂风暴雨疯狂地向你扑来。浪潮高卷，轰鸣接天，热烈的狂舞震撼着你。

那么，挣断铁链，我的小船，摆脱羁绊，无畏地冲向你的毁灭吧！

38

当我年轻时，我曾在湍急迅猛的激流中漂游；春风挥霍成性地在吹拂，枝头繁花似火，百鸟争鸣，不知疲倦。

热情的洪流淹没了我的理智，我以令人目眩的速度扬帆疾驶；我没有时间以我的心灵去观察，去感受，去理解这个现实的世界。

如今，韶华已逝，我的小船搁浅在岸上，我听到了万物的深沉的乐曲，苍穹也向我敞开缀满繁星的胸怀。

39

我的双眸背后，有一个旁观者，他仿佛见过远古时代的事物，熟悉混沌初开时的世间生活，而这些被人遗忘的情景在草茎上闪烁，在树叶上颤动。他见到过暮色苍茫星光闪烁时分蒙上新面纱的心爱的人的脸庞。因此，在他眼中，蓝天像是为无数的聚散离合而痛苦，春风里仿佛弥漫着一种强烈的愿望——那对亘古世纪的悄悄私语的怀念。

40

逝去的青春送来消息，它对我说："在微笑成熟为泪花，时光为未出唇的歌声而痛苦的尚未降临人间的五月的震颤里，我在等着你。"

它说："踏过已消逝的时光的轨迹，穿过死亡之门，到我身边来吧！因为梦境消逝，希望落空，你采集的岁月的果实也腐烂了。但是，我是永恒的真实，在你从此岸到彼岸的生命旅程中，你将与我一再相逢。"

41

姑娘们去河边汲水，树林中传来她们的笑声；我渴望和姑娘们一道儿，走在通向河边的小路上；那里羊群在树荫下吃草，松鼠从阳光下轻捷地掠过落叶，跳进阴影里。

但是，我已经做完一天应做的事情，我的水罐已经灌满，我伫立在门外，凝望着闪光滴翠的槟榔树叶，聆听着河畔汲水姑娘的欢笑。

日复一日，在露洗过一般清新的清晨，在暮色苍茫慵倦的黄昏，担负起去取回满罐水的任务，始终是我最喜爱、最珍视的享受。

当我意兴阑珊，心情烦乱的时候，那满罐汩汩作声的清水温柔地拍抚着我；它也曾伴随着我欢乐的思绪、无声的笑颜一起欢笑；当我伤心的时候，它泪水盈盈，呜咽地向我倾诉心曲；我也曾在风狂雨骤的日子，抱着它走在路上，哗哗的雨声淹没了鸽子焦心的哀鸣。

我已经做完一天应做的事情，我的水罐已经灌满，西方的斜晖已经暗淡，树下的阴影已经更深更重；从开满黄花的亚麻田中传来一声长叹，我的不安的眼睛瞭望着村中通向河水深黑的河岸的蜿蜒小路。

42

难道你仅仅是一幅画像，不像是繁星和尘埃确实存在？和着世间万物的脉搏、繁星闪烁，尘埃颤动，而你的静止的画像是那样绝对地远离一切，孤零零的。

你曾伴着我一同散步，你的呼吸是温馨的，你的四肢充满着生活的乐曲。你的话语道出了我的感受，你的脸庞触动了我的心弦。突然，你停住脚步，留在永恒的阴影里，而我只好踽踽独行。

生命像个孩子，边笑边摇动死亡的拨浪鼓向前奔跑，它向我招手，我那无形的先驱继续前进。但是，你却停住脚步，留在尘埃和繁星之后，你不过是一幅画像。

不，你不可能是一幅画像。如果你的生命之流停止了，那么河水也会不再奔流，五彩缤纷的晨曦也会停住脚步。如果你那像闪烁的暮色般的黑发消失在绝望的黑暗之中，那么夏日的绿荫也会带着它的梦儿死去。

我真的会将你忘记吗？我们匆匆赶路，忘却了路旁篱边的绿叶鲜花。然而，芳香却在不知不觉间融进我们的忘却之中，使它充满了音乐。你离开我处身其间的世界，却在我的生命之源找到了安身之所，因此，那遗忘不正是消失在它的深处的记忆么？

你已不再听我唱歌，你已溶进我的歌声，你随着破晓时的曙光来到我的身边，又随着傍晚夕阳的最后一道金光离去。然而，从此我总在黑夜中寻找你。不，你绝不仅仅是一幅画像。

43

不，我的朋友，我永不会做一个苦行者，随便你怎么说。

我将永不做一个苦行者，假如她不和我一同受戒。

这是我坚定的决心，如果我找不到一个荫凉的住处和一个忏悔的伴侣，我将永远不会变成一个苦行者。

不，我的朋友，我将永不离开我的炉火与家庭，去退隐到深林里面；

如果在林荫中没有欢笑的回响；如果没有郁金色的衣裙在风中飘扬；

如果它的幽静不因有轻柔的微语而加深。

我将永不会做一个苦行者。

44

你死去了，从世间万物中消失了，你的死对我身外的一切说来是你终止了生命；但是，你却在我的悲伤中得到完全的再生。我感到我的生命更臻完美，因为，在我的生命中，男性的刚强与不朽的女性的温柔永远合二为一了。

45

携了美与秩序到我的不幸的生活中来吧，女人，就像你活着的时候将它们带到我的家里一样。拂去时光的尘屑，注满空空的水罐，照料那被忽视的一切。再敞开神庙内殿的大门，点燃明烛，让我们在神面前默然相对吧。

46

天空凝视着自己无垠的蔚蓝，沉入梦幻。我们，一堆堆的云朵，便是它的突发的奇想。我们飘浮无定，没有家园。星星在永恒的王冠上闪耀。关于它们的记录是永久性的，而我们却是用铅笔写就的草稿，转瞬之间便可以抹去。在太空的舞台上，我们是那敲响手鼓，放声大笑的角色。但是，暴雨雷鸣便来自我们的笑声，而雨点是足够真实的，雷声也非同小可。然而，我们无权向时间要求报酬，我们随风飘来，在我们还来不及命名时，又随风飘去了。

47

道路是我的新娘。白昼，她在我脚下向我低语，永夜，她和着我的梦儿歌唱。

我与她的相会没有起始，也无终止，随曙光来临，随夏天的鲜花与歌儿更新。她的每一次亲吻，都像爱人的初吻。

我和道路是一对恋人。每个夜晚都为她换上新装，每个清晨，我都将褴褛的旧衣留在路旁的客栈里。

48

每日里，我沿着同一条老路来来去去，送水果到市场，赶牛群去牧场，划渡船过小河，条条道路对我是那么熟悉。

一天早晨，田野里到处是忙碌的人们，牧场上到处是牛群，大地的胸膛和着成熟的稻浪欢快地起伏。我走着，手里提着沉重的篮子。

忽然，一阵轻风吹过，天空仿佛在亲吻我的前额。我的心儿跳动，仿佛朝阳破雾而出。

我忘记了走熟的老路，向路边跨出了几步，熟悉的景物变得陌生了，就像一朵花，我只在它含苞欲放的时候认识它。

我为我平日的小聪明感到羞愧，我离开正途闯入了仙境般的世界。那天清晨，我迷失了道路，却找到了永存的赤子之心，这是我一生的幸运。

49

我的宝贝，你问我：天堂在什么地方？圣贤告诉我们：天堂超越于生死界限之外，也不受日夜交替的制约，天堂不属于尘世。

然而，你的诗人却明白：天堂渴望着时间和空间，它为降生到这果实累累的大地上而不息地努力着。天堂就在你那娇柔的体内，就在你那急速跳动着的心中，我的宝贝。

大海快乐地敲响了鼓点，花儿踮起脚尖亲吻你，因为，天堂和你一起诞生在大地母亲的怀抱里。

50

母亲把女孩抱在怀里，唱道："下来，下来吧，亲一亲我的宝贝，在她小小的额头上。"月亮梦一般地微笑着。夏季隐约的花香在暗中浮动；幽静的芒果林的浓荫深处传来夜莺的歌唱；遥远的村落中升起一阵牧童的笛声，笛声里带着无限的忧郁。年轻的母亲抱着孩子，坐在台阶上，柔声低唱："下来，下来吧，月亮，亲一亲我的宝贝，在她小小的额头上。"她仰望着天上的明月，又低头俯视着怀中"地上的小月亮"，我惊奇地望着这一派宁静的月光。

孩子欢笑着，学着母亲歌唱："下来，下来吧，月亮。"母亲微笑了，月光皎洁的夜也微笑了。没有人看见我，诗人，小宝贝母亲的丈夫，正躲在后面注视着这画一般的景象。

51

初秋的晴空万里无云，河水快要溢出堤岸，冲刷着横倒在浅滩上的一棵大树的裸露的树根。长长的小径从村庄里伸出，宛如饥渴的舌头，一头扎入小河中。

我向四周眺望。静默的天空，流动的河水，我感觉到幸福在向四方延伸，就像孩子脸上绽开纯真的笑靥。我的心是充实的。

52

性急的花儿呀，冬天还未归去，你便倦于等待，挣脱了羁绊。等到看不见的来者匆匆瞥见你这路旁的守望者的时候，你已经匆匆地冲了出来，奔跑着，喘息着。哦，你这情不自禁的素馨，你这喧闹的五色缤纷的玫瑰！

你绚丽的色彩，浓郁的芳香，扰动了空气。你笑着，互相推着挤着，袒露胸怀地怒放了，然后凋谢了，纷纷扬扬落满大地，最先冲向死之洞隙。

到时候，夏天自会乘着潮水般的南风来临，而你却从来不肯减缓速度，掌握它来到的准确时间。出于信心的极度的欢乐，你鲁莽地在路边消耗了自己。

你从远方听到了夏天的脚步声，便以落英铺地供它轻轻踏过。甚至解救者还未出现，你就挣脱了羁绊，开放了，在它还未到来并且承认你以前，你就把它当作自己的了。

53

芭兰花

四月终于消逝，炎夏的热吻烧焦了无可奈何的大地，这时，我绽开了蓓蕾。我来了，一半儿惊惧，一半儿好奇，像个调皮的孩童向隐士的小茅屋偷偷窥视。

我听到，枝残叶枯的树林战兢兢地窃窃私语；我听到，杜鹃吐露夏日慵倦的歌声；透过我的花蕾外飘摇的绿叶的幔帐，我看到了世界，严酷，冷漠，形容枯槁。

我依然勇敢地开放了，带着强烈的青春的信念，畅饮着那从光彩夺目的天杯中倾出的烈酒，傲然向黎明致敬。我，心底蕴藏着骄阳的芬芳的芭兰花。

54

天地初分，从创世主不安的梦魂的翻腾中，升起了两个女人。一个是天国乐园的舞女，男人热切追慕的对象。她欢笑着，从智者冷静的沉思中，从愚人空虚的蒙昧中，攫取了他们的心，把它们像种子似的信手撒在三月豪奢的东风里，五月狂喜的花丛中。

另一个是天国的王后，是母亲，她坐在金秋丰富完美的宝座上。在收获季节，她把那些飘零的心，带到如泪水一般温柔甜蜜，像海洋一般宁静美丽的地方——带到神圣的生与死汇合处那所冥冥未知的殿堂。

55

正午的微风，如蜻蜓薄纱似的双翼在轻轻震颤。村中家家户户的茅屋顶，像孵雏的鸟儿一般掩护着昏昏欲睡的人们，一只杜鹃躲在绿荫深处，寂寞地歌唱。

这清新流畅的曲调，滴进了人们劳苦耕作的单调的音响中，为情侣的窃窃私语，为母亲的热吻，为孩子的笑声增添了音乐。它掠过我们的思绪，就像溪水流过水底的卵石，不知不觉间，使它们变得圆润精美。

56

对于我，夜晚是寂寞的。我在读一本书，直到感到枯燥无味，它使我觉得，美像是商贾用文字装扮起来的时髦货物。

我厌烦地掩卷熄灯。刹那间，月光涌进我的小屋。

美的精灵呵，你的光辉泛溢苍穹，为什么一丝微弱的烛光竟遮蔽了你？为什么书中几句无用的空话，竟像薄雾似地掩盖了那使大地无比宁静的声音呢？

57

秋天是属于我的，因为她时刻在我心中摆动。她那闪光的脚铃随着我的脉搏叮当作响，她那薄雾似的面纱随着我的呼吸飘动。梦中，我熟悉她那棕色长发的触抚。绿叶和着我的生命跳动飞舞，而她就在外面颤动的叶子中。她的明眸在晴空中微笑，因为是从我这里，它们吸取了光明。

58

蓝天下，万物熙攘，放声大笑；尘埃沙粒像顽童，旋转飞舞。喧嚣撩动了人的心，而他的思绪呀，渴望和万物一同游戏。

我们的梦随着未知的溪水漂动，伸展手臂去抓住大地，——奋斗变成了砖石，建成了人居住的城市。

呼声从往日涌来，向今天寻求答案。它们的双翼扇动，空中布满了浮动的阴云；我们心中不肯平静的思想，离开栖身的巢，飞过幽冥的荒野，去追求形体。思想就像黑暗中摸索的香客，寻求光明之岸似的，在实物中找到了归宿；它们将被诱入诗人的诗句中，它们将被留宿在未来的城市的塔楼中，它们将听到来自明天的战场上的呼唤，去拿起武器，携手加入战斗，去争取那即将来临的和平。

59

在万有无缺的国度里，人们不修建高楼大厦。大路边是绿茵茵的草地，湍急的河水从旁流过。男人晨出耕作，脸上笑容可掬；傍晚归来，口里哼着小曲，他们不为金钱忙碌奔波，在这万有无缺的国度里。

正午，妇女们坐在凉爽宜人的庭院里，低声唱着歌纺棉纱。稻浪滚滚的田野上，飘来牧童的短笛声。笛声使路上的行人衷心喜悦，他高歌着穿过光影斑驳的芳香的树荫，在这万有无缺的国度里。

商人乘着载满货物的船儿顺流而下，没有在这国土上收帆停泊。武士们擎着飞舞的旌旗列队而过，但是国王却从未在这国土上停下他的战车。远方来的旅客曾在这里歇脚，离开时却不知道在这万有无缺的国度都有些什么。

在这块国土上，路上的人群熙攘，却从不你推我搡。诗人呵，在这里安家吧。濯去长途跋涉沾在脚上的尘土，调好琵琶，日暮时，在这万有无缺的国度里，躺在星光照耀下的清凉的草地上吧。

60

收回你的金币吧，国王的使者。你派我们到林中神庙去诱惑那位年轻的苦行者。尽管他平生未曾见过一位姑娘，我也没能完成你的使命。

破晓时，那修行的少年披着淡淡的曙光，到小溪边沐浴。褐色的鬈发披在双肩，像是一簇朝霞，四肢如同太阳一般闪闪发光。我们唱着，笑着，划着小船，狂热地嬉闹着跳进溪水，围着他翩翩起舞。这时，太阳升起，从水边瞪视我们，愤怒得涨红了脸。

那天使般的少年睁开双眼，望着我们的舞姿；深深的惊诧使他的眼睛闪亮如同晨星。他举起合掌的双手，唱起赞美诗，歌声像小鸟婉转鸣啼，森林里的每一片叶子，都在飒飒地应和。我，肉胎凡身的女人，从未听到过这样的歌声，它宛若晨曦从寂静的群山升起时那无声的晨曲。姑娘们用手掩住绛唇，笑着摆动身躯，少年的脸上掠过一片疑云。我快步跑到他身边，痛苦地伏在他的足前说："主人呵，我愿听您驱使。"

我领着他来到绿草覆盖的河岸，用丝绸的衣襟为他擦拭身体；我跪在地上，用我的长发为他拭干双脚；当我抬起头，凝视他眼睛，我似乎尝到了混沌初开时的世界献给第一个女人的第一次亲吻——我是有福的，赞美上天吧，因为他使我成为一个女人。我听见他在说："你是哪位无名的神祇？你的抚摸是永恒之神的抚摩，你的眼中藏着午夜的秘密。"

不，不要那样微笑，国王的使者——尘世的智慧蒙蔽了你的眼睛，老人家。那少年的纯真却刺破迷雾，看到了闪光的真理——女人是神圣的。

啊，在那第一次表示爱慕的可怕的光芒中，女人的神性终于在我心底觉醒。我泪水盈眶，晨光像姐姐似的温柔地抚摩我的长发，树林里的微风吻着我的前额，就像吻着百花。

姑娘们拍着手，放荡地笑着，面纱拖在地上，头发蓬松着，她们开始向少年投掷鲜花。

啊，纯洁无瑕的太阳呵，难道不能用我的羞赧织成浓雾，遮过你的视线吗？我扑倒在少年的足前，大喊道："原谅我！"像受惊的小鹿，在树荫和阳光下飞跑，边逃边喊："原谅我！"姑娘们猥亵的笑声像噼啪燃烧的烈火烧灼着我，但是，我的耳畔始终回响着那句话——"你是哪一位无名神祇？"